朗格彩色童话集

紫色童话

Zise Tonghua

[英]安德鲁·朗格　编著

胡荣艳　译

内蒙古少年儿童出版社

图书在版编目（CIP）数据

　　紫色童话 /（英）安德鲁·朗格编著；胡荣艳译
. -- 通辽： 内蒙古少年儿童出版社，2021.7
　　（朗格彩色童话集）
　　ISBN 978-7-5312-4296-3

　　Ⅰ.①紫… Ⅱ.①安… ②胡… Ⅲ.①童话—作品集
—世界 Ⅳ.①I18

　　中国版本图书馆CIP数据核字（2021）第071258号

朗格彩色童话集
紫色童话
［英］安德鲁·朗格/编著　　胡荣艳/译

责任编辑： 程　姝
封面设计： 张合涛
出　　版：内蒙古少年儿童出版社
地　　址：通辽市科尔沁区霍林河大街312号
邮　　编：028000
电　　话：（0475）8219305
印　　刷：保定市海天印务有限公司
开　　本：787mm×1092mm　1/16
印　　张：9
字　　数：108千字
版　　次：2021年7月第1版
印　　次：2021年7月第1次印刷
书　　号：ISBN 978-7-5312-4296-3
定　　价：32.00元

目录
contents

神秘的托那洼 001

猎狗竹野太郎 017

皇帝的山羊耳朵 022

孔雀和金苹果 026

弹琵琶的王后 041

仁义小王子 049

紫色童话

袋中双胞胎 073

爱嫉妒的邻居 081

魔 刀 087

长鼻子小矮人 092

青蛙姑娘 117

魔法师弗杰耶 123

紫色童话

神秘的托那洼

很久以前，在瑞典的中部有一片广阔的沼泽地，被人们称之为托那洼。沼泽地的四周密布着湖泊，一直以来都没有人敢深入到沼泽的腹地。

当然，总有一些猎奇者壮着胆，不时地到沼泽地外围转悠。回来后，他们都说，在茂密的森林里，隐隐约约有一座破旧的房子，房子周围的草地上有一群人像蜜蜂一样忙碌着。

一天晚上，一个农夫赴宴多喝了几杯，晕头转向得竟然一直往托那洼深处走去。酒醒后回到家，他绘声绘色地描述了他的所见所闻：那儿有一堆很大的篝火，周围围着众多的女人和儿童，有的席地而坐，有的在平坦的草坪上载歌载舞，那些歌舞都很奇怪，他从没见过。众人中，有一个相貌丑陋、脸色阴沉的老太婆，拿着一把长柄铁钳子，时不时用它拨动燃烧的柴火。奇怪的是，每当铁钳碰到那通红的炭火时，火光陡亮，吓

得孩子们往外狂奔，并发出像猫头鹰一样的尖叫声，好长时间都不敢回到篝火旁。

人们对农夫的话半信半疑，真假也无法分辨。不过，有一点大家深信不疑，就是那片沼泽地经常发生怪异的事情。当时的托那洼属瑞典，因而瑞典国王下令，要把这片阴森古怪的森林全部砍掉，可是没有人有胆量去做。后来，有一个胆识过人的樵夫去了。当他抡起斧子砍向一棵树时，一股鲜血顿时喷涌了出来，同时，还发出痛苦的哀号声，就像有人被砍了一样。樵夫吓傻了，清醒过来后，立即扔掉斧头，扭头亡命般地跑了回去。从那时起，无论何人的严令，也不论是重赏，还是威逼，再无一人敢深入到这片怪异的沼泽地里面。

在距离托那洼不远处，坐落着一个大村庄。村庄里的一个农夫的妻子不幸得病死了，他又娶了一个年轻的女人。不过，婚后他们一点儿也不和谐，天天吵闹不休，怒气冲冲的妻子经常扔碗摔盘，把整个家搅得乌七八糟。

农夫和前妻有一个女儿，叫爱尔莎，是一个非常乖巧懂事的女孩，她巴望着能过上安稳的日子。可是，继母却一点儿也不喜欢她，整天殴打谩骂她。她的父亲也害怕继母，所以爱尔莎只能忍受继母无休止的折磨。

在继母的虐待下，爱尔莎备受煎熬地度过了整整两年。有一天，她和村子里的其他小伙伴一起出去摘草莓，他们只顾着寻找草莓，不知不觉间来到了托那洼的边缘。这里的草莓长得非常好，在草地上呈现出红红的一片。孩子们看到这么多的草莓高兴极了，他们放开肚皮吃着草莓。吃饱后，他们又将篮子装满。突然，一个年龄较大的孩子大声尖叫起来："快跑啊！

快跑啊！我们已进入托那洼！"

听到尖叫声，孩子们迅速跳了起来，撒开腿拼命地往回跑，唯独爱尔莎待在原地没有动。爱尔莎一直走在最前面，尽管她也听到了尖叫声，但她正好发现一大片非常好的草莓，舍不得离开。

"唉，这里有什么可怕的呢？住在托那洼的人，总要好过我的继母吧。"正想着，她突然听到一阵悦耳的铃声。她抬起头，看见一条黑色小狗朝她跑了过来，铃声就是系在它颈下的银质铃铛发出的。在小狗的后面，还跟着一个身穿丝绸衣服的小姑娘。

"别叫了！别叫了！"女孩让狗停止叫喊后，转过头对爱尔莎说，"真高兴，你没有和那些孩子一样跑回去，留下来和我做朋友吧。我们每天一起摘草莓，一起玩游戏。只要我说一声，这儿就没有人敢伤害你。走！随我一起去看看我的母亲。"小女孩牵着爱尔莎的手，领着她进入了森林腹地。那条小狗紧跟在她们旁边，不时欢快地叫着。

眼前的景象让爱尔莎惊讶万分，她简直不敢相信自己的双眼，这是一幅多么壮观、多么奇妙的画面啊，她怀疑自己是不是到了传说中的天堂：一排排挂满果实的树，树上有世界上最漂亮的鸟儿，空中到处萦绕着它们动听的歌声。见到陌生人，这些小鸟丝毫不躲闪，还飞到孩子们的手中，任凭孩子们轻抚它们五颜六色的翅膀。果园中央有座房子，上面装饰着各种颜色的玻璃和珠宝，在阳光下熠熠生辉。一位穿着奢华外套的贵夫人站在门前，见女儿带着一个陌生女孩过来，忙问："这位小客人是从哪儿来的？"

　　"我是在那边森林里碰到她的，当时她独自摘着草莓，我想有个玩伴，就领她到了这儿。您不介意她住在这儿吧？"女儿回答道。

　　夫人微笑着，一句话也没说，只是从上到下仔细打量爱尔莎。夫人叫爱尔莎来到她身边，轻抚着爱尔莎的脸，亲切地问她父母是否健康，是不是心甘情愿留下来。爱尔莎深鞠一躬，亲吻她的手背，然后跪下，将脸紧贴她的裙摆，轻声哭着说："我妈妈两年前病死了，爸爸还健在，他娶了一个继母。不过，有没有我这个女儿，对他来说都是一样的。继母一天到晚打骂我，无论我做什么事，都不能令她满意。我恳求您让我留在这儿吧。我会放牧，喂养牲口，无论干什么我都愿意，只求您别把我送回去。我的继母一旦得知我没有随那些孩子回去，她肯定会打死我的。"

　　夫人微笑着说："那好，让我想想如何帮助你。"说完，她起身进了屋。

　　小女孩对爱尔莎说："别担心了，从我妈妈的眼神，我敢肯定，她已将你当作朋友了。我妈妈考虑问题很周到，她考虑好了，就会留下你，安排你干活的。"她让爱尔莎在门外耐心等着，随后就进去找她妈妈了。爱尔莎心里忐忑不安，她怕小女孩进去以后，就再也不出来了。

　　等了好久，爱尔莎终于看到那个女孩穿过草地回来了，手中还拿着一个神秘的小盒子。"我妈妈说她在想办法，怎么把你留下来，还说今天我们可以一起玩儿，我很想你能留在这里，你走了我会很孤独的。对了，你在大海上玩过吗？"

　　"大海？"爱尔莎显得异常好奇地问，"什么大海？我听

都没听过。"

"是吗？那好，我们一会儿就能看到大海了。"说完，小女孩揭开盒盖，里面有一块绸布，布上面有两颗小水珠、一个贝壳和两片鱼鳞。她取出绸布，让水珠滚落在地上。突然间，一片无边无际的大海出现在她们周围，刚才还在眼前的果园、房子及陆地上的其他物品一下子消失得无影无踪，只有起伏的波涛，她俩就像站在一座狭小的孤岛上。小女孩一手拿着鱼鳞，另一只手拿着贝壳。她将贝壳安稳地放在水面上，小小的贝壳竟然不断地变大，最后变成一条可容纳十多个孩子的小船。女孩从容地上了船，但爱尔莎有些犹豫，随后还是小心翼翼地跟她上了船。接着，小女孩手中的鱼鳞也变大了，变成了两只桨，她轻轻地将小船划向大海。

起伏的海浪轻轻地摇着小船，她俩就像坐在摇篮里，十分惬意。小船在大海上漂啊漂，随后，周围出现了许多船只，船上载满了人，他们尽情地唱着、笑着，快乐极了。

"唱一首歌应和他们吧。"小女孩说。可是，爱尔莎之前从未唱过歌，她哪有心情唱歌呀。于是，小女孩只好独自地唱。他们之间互相对唱起来，唱的歌词爱尔莎一句也没有听懂，不过她听到有一个词被反复地唱到，那就是基茜格。爱尔莎好奇地问小女孩："基茜格是什么意思？"她笑着回答说："就是我的名字。"

正玩得痛快的时候，她俩突然听到有人在喊："天快黑了，孩子们该回家了。"如果没有人提醒，她们根本不想离开大海。

基茜格依旧掏出小盒子，打开后取出小绸布，将它放入水中，眨眼间，她俩又回到熟悉的果园，站在那座奢华的房子前。周围一切如故，一点儿水的痕迹也没有。基茜格拾起贝壳和鱼鳞装入盒中，领着爱尔莎进了房子。

屋内迎面是一个大厅，有二十四个穿着奢华礼服的妇人分坐在餐桌的两旁，像举办婚宴般庄严隆重。在餐桌的首座放着一把金光闪闪的座椅，上面坐着女主人，她是基茜格的母亲。

爱尔莎环顾了一下四周，是那么典雅华贵，她做梦也不曾见过。她挨着她们坐了下来，尝了几个色彩艳丽的水果，甜滋滋的，感觉就像进入了天堂。客人们用一种奇怪的语言亲切地交谈着，爱尔莎一句也听不懂。

就在这时，女主人侧过身子，对旁边的侍女耳语了几句。侍女立即走出了大厅，从外边领进来一个精瘦的长胡须的老头。他的胡须比身体还要长许多。瘦小老头向女主人鞠躬敬礼后，退到门边，静候她的命令。

"看到那位新来的女孩儿了吧？"女主人指了指爱尔莎。"我想收她做我的干女儿。你照着她的模样，给她做一个替身吧，做好后把替身送回她家。"

长胡子老头从头到脚仔细地看着爱尔莎，好像在目测她的身高。随后他再次向女主人鞠躬，转头走了出去。

用完餐，女主人亲切地问爱尔莎："基茜格央求我留下你，好与她做伴。你也曾亲口说喜欢留在这儿，是吧？"

听了她的话，爱尔莎急忙双膝跪在地上，亲吻女主人的手后，诚恳地感激她让自己脱离苦海，不再忍受继母的折磨。女主人双手扶起她，轻抚着她的秀发说："只要你老实、机灵，

好日子总会到来的。我会抚养你长大成人，给你想要的一切，直到你能独立生活。我会让教基茜格手工活的侍女，顺便也教一下你。"

正说着话，长胡子老头扛着一个模具返回来了，模具里面塞满了泥土，左手还提着一个遮得严严实实的篮子。他放下模具和篮子，取出泥土，捏了一个泥人。泥人捏好后，他在泥人的胸膛打了个洞，在里面放了一些面包，然后从篮子里抓起一条蛇塞进洞内。

"替身做好了，"他对女主人说，"只要用这小女孩身上的一滴血点一下就行了。"

爱尔莎听了老人的话非常害怕，担心他取出自己的灵魂，安放在替身上。

"别怕！"女主人见状连忙安慰她说，"我们不会伤害你的，这一切只是想让你从此获得自由和美满的生活。"说完，她取出一枚金针，扎进爱尔莎的手臂，迅速抽出交给了长胡子老头。长胡子老头将金针植入泥人的心脏，随后将泥人放入篮子里，说第二天她们会看到一个"全新"的爱尔莎。

第二天早晨，爱尔莎醒来，发现自己睡在铺着丝绸软垫的床上，枕着洁净松软的枕头，在窗边的椅背上，还搭着一条漂亮的长裙，显然是特意为她准备的。一个侍女走了进来，先帮她梳理修长的秀发，然后递给她一套漂亮的内衣和一双绣花鞋。看到绣花鞋后，爱尔莎高兴极了，自从继母来到她家后，她就被逼着赤脚到处跑，至今还未尝过穿鞋的滋味。

爱尔莎完全沉浸在喜悦之中，突然她发现有点儿不对劲，她没有看见自己昨天穿的那套旧衣服，它们像被施了法术一样凭空消失了。她感到很困惑，心想，谁会要自己破破烂烂的旧衣服呢？

原来，她的旧衣服被长胡子老头拿走了，如今穿在泥人的身上了。经过一夜的生长，它如今长得和爱尔莎一样高了，外形已与她完全相同，谁都无法用肉眼分辨出来。看到自己的替身，爱尔莎吓得一连退了好几步。

"不要怕！"女主人看到惊慌的爱尔莎，安慰她说，"这个泥人虽然和你长得一模一样，但是它不会伤害你的，我们要把它送到你的继母那里去，代替你去挨打，不论你的继母如何打它，它都不会感到疼痛。如果你的继母依然那么歹毒，一点儿也不悔改的话，泥人迟早会严惩她的。"

从此以后，爱尔莎终于过上了普通孩子那样无忧无虑的幸福生活。是啊，幸福的孩子都是相似的，都想躺在金光闪闪、漂漂亮亮、温暖的摇篮里，尽情地享受快乐。过去的点点滴滴如醒后的噩梦，渐渐地被爱尔莎淡忘了。如今，她的生活幸福美满极了，每天干的活也越来越轻松。可是，她越感到幸福，就越觉得身边的一切令人费解。她越来越强烈地感受到，有一种强大、神奇的力量在控制着这一切。

在院子中间，耸立着一座很大的花岗石台，离房子十多米远。每当到了用餐时间，那个长胡子老头就来到石台旁边，取出一根小银棒，敲三下石台。当他敲到第三下的时候，石台上就会突然跳出一只金光闪闪的大公鸡。当金鸡拍打着翅膀鸣叫时，石台就会分开，里面会变出一张长桌，上面放着和吃饭人数相等的餐具，更加神奇的是，桌子会自己走进屋子，而不用人去搬。

公鸡叫第二遍的时候，石台会先变出椅子，这些椅子会自动来到桌子的旁边摆好；然后，变出一道道菜肴，还有葡萄酒和各种水果，根本不需要人们动手，就直接飞上餐桌，摆放整齐。等大家吃好喝好后，长胡子老头又开始敲打石台，这些桌子、椅子、盘子、碟子以及刀叉又飞回石台里。

令人不解的是，第十三道菜端上来后，一直没有人动它一下。这时，一只像小马驹一样大的黑猫不知从哪儿跑了出来，跃上石台，贴着金鸡并排站着。金鸡的旁边就放着第十三道菜。不一会儿，长胡子老头就过来，左手托起盛菜的盆子，右手挟着黑猫，等金鸡跳上肩头后，他们就一起钻进石台，瞬间就不见了踪影。

除了提供食物外，这块具有魔法的石台，还能提供衣服和其他日常生活用品，凡是人们需要的东西，它都能提供。

用餐时，她们说着一些爱尔莎听不懂的话。后来，在女主人和基茜格的帮助下，她才慢慢地听懂她们说什么，几年后才会说这种语言。

有一天，爱尔莎问基茜格："为何在吃饭时，第十三道菜每天端上桌，又原封不动地拿回去，一直没有人动它？"基茜格也对第十三道菜产生过疑惑，也不懂这里面有什么奥秘。当然，她肯定问过她妈妈。几天后，女主人庄重地对爱尔莎说："别不切实际地瞎想了，更不必因好奇而苦恼。我们之所以不吃这第十三道菜，是因为这道菜寄托着美好的祝愿，吃了它，寓示着美好的一切结束了。如果人们不那么贪婪，不去想方设法强占一切，而是学会感恩，时常奉献一些表达感谢的话，这个世界将会和谐美好得多。唉，人性最大的弱点就是

贪心。"

岁月如梭。不知不觉中，爱尔莎长大成人了，变成了一个乖巧、聪慧、人见人爱的大姑娘了。在这里，她学会了许多新知识，这些是她在原来的村庄里永远也不可能学得到的。可是，基茜格一点儿也没有变，依旧是爱尔莎初次见面时的模样。

像平时一样，每天上午，她俩会聚到一起，花一个小时的时间学习，或读书或练字。爱尔莎如饥似渴地学习，恨不得将所有的知识尽快学会，可基茜格一点儿也不着急，依然喜欢适合孩子玩的小游戏。只要兴致来了，也不管手上正做何事，统统抛在一旁，拿着小礼盒，就到海上独自玩耍。还好，她从未出现过意外。

"真可惜！"基茜格时常对爱尔莎说，"爱尔莎，你已经长大了，再也不能像从前一样和我一起玩耍了。"

九年的时光就这样过去了。一天，女主人让爱尔莎单独来她的房间。爱尔莎十分纳闷，唯恐有什么灾难降临，因为这些年来，女主人从不曾将自己单独叫到她的房间里。爱尔莎的心里忐忑不安。

敲门进去的瞬间，爱尔莎看到女主人满脸通红，眼中噙着泪水。她见爱尔莎进来，连忙用手帕擦拭泪水，以免让她瞧见。

"好孩子，"她沉重地说，"你已经长大成人了，到了我们该分别的时候了。"

"什么分别？"爱尔莎惊得一下子哭了起来，将头贴在女主人胸前，坚决地说，"不，亲爱的妈妈，我永远也不要离开您，我哪里都不去，我要和您、基茜格在一起，除非死亡把我们分开。"

"哦，亲爱的孩子，请安静一下，听我说，"女主人说道，"我们都是为了你将来的幸福着想，你现在已经长大成人了，你不应该留在我这里，而是应该回到人间去，尽情享受人类才有的幸福生活。"

"亲爱的妈妈，"爱尔莎苦苦哀求道，"我不要离开这里，我什么幸福也不稀罕，我只希望和你们生生世世在一起，让我当你的侍女也可以，我什么活儿都会干，只是请求你别把我送回继母身边，我不要和继母继续待在一起，那里就像地狱一样。"

"别这么说，亲爱的孩子！"女主人说，"你现在还不明白我的良苦用心，我这样做，就是为了让你过上幸福美满的生活。尽管代价很大，但我从未放弃。是时候说再见了，事情只能这样了。你只是一个普通人，总有生老病死的一天，你的确不能再待在这里了。你和我们不一样，虽然我们外形像人类，但我们终究不是普通人。唉，这一点你现在可能还不明白。你应该回到人类的世界里去，在那里，有一天你会找到自己的丈夫，两个人一起幸福的生活。对你的离开，我们心里也很难受，可我们必须这样做，你也必须离开。"

说完，女主人取出一把金梳子，耐心地帮她梳理秀发，然后叫她回去睡觉。可是，伤心的爱尔莎怎么也睡不着，一想到要回到继母的身边，她就不寒而栗，那将是多么悲惨的生活呀！那样的生活如同漆黑的夜晚，没有月亮，也不见星星啊！

不说了，让我们回头，再来看看爱尔莎家乡的变化，看

看可怜的替身这些年又过得怎么样。随着年龄的增长，爱尔莎的继母的坏脾气一点儿也没有变好，反而越来越糟。她昼夜不停地痛打爱尔莎的替身，好在它一点儿也不怕痛，因为它根本感觉不到痛。爱尔莎的父亲有时实在看不下去，想替女儿说说情，得到的只是继母对他无休止地谩骂，反而激起她的愤怒，变本加厉地殴打替身。

有一天，继母又把爱尔莎的替身毒打了一顿，似乎还没有解气，痛骂着要杀了她。继母用双手，拼命地掐住替身的脖子，想把她活活掐死。就在这时，替身的嘴里突然吐出一条黑蛇，狠狠地咬住继母的舌头。就这样，她来不及哼一声，就倒在地上死了。

晚上，丈夫回到家后，发现妻子死了，尸体已经浮肿，变得面目全非。这时，女儿失去了踪影。他吓得大声呼喊，左邻右舍听到喊声纷纷来到他家，没有人知道到底发生了什么。大家说中午的时候，听到了很大的吵闹声，因为之前他们也经常听到这种吵架声，而且发生在白天，谁也没在意。吵闹过后，他家一下子变得十分安静，当然没有谁再看到过他的女儿。

丈夫把妻子的尸体安葬以后，筋疲力尽地躺在床上，心中暗自欢喜，这个可恶的女人终于死了，他终于可以不再忍受她的折磨了。这时，他看到了桌上放着一片面包，由于肚子太饿就把它吃了，然后睡着了。

第二天，邻居们发现，他和他的妻子一样也死了，尸体已经浮肿。原来，那片面包是长胡子老头放在爱尔莎替身身体里面的，有剧毒。邻居们把他埋葬在妻子的墓旁。从此，他们的女儿也杳无音信了。

爱尔莎知道女主人让她离开之后，整夜都在哭泣，她不想离开这个温馨的大家庭，更不想回到继母身边。

第二天一早，爱尔莎醒了过来，女主人把她叫到面前，将一枚金戒指戴在了她的手指上，又把一个系着漂亮丝带的小金盒挂在了她的脖子上。然后女主人把长胡子老头叫了过来，忍着悲伤叫他把爱尔莎带走了。

爱尔莎还没来得及感谢女主人，长胡子老头就用手中的小棍子在她头上轻轻地敲了三下。爱尔莎发现自己变成了一只鹰，双臂变成了鹰的翅膀，双脚变成了鹰的利爪，鼻子也像鹰嘴一样弯曲，浑身长满了羽毛。接着，她展开双翅，飞向了高空。

一连好几天，她一路向南飞去，只有她实在累得飞不动的时候，才休息片刻。

一天，她正飞越一片森林时，听到森林里传来几条猎狗汪汪的叫声。起初，她没有注意，因为狗不可能飞上高空咬她。突然，她感到胸口有一种刺骨的疼痛，随后失去了知觉，一头栽落在地上。她被一支箭射中了。

醒过来时，她发现自己躺在草地上，已经恢复了人形。这中间发生了什么？自己怎么会躺在这里？她好像做了一场噩梦一样，一点儿也不清楚。

正当爱尔莎困惑不解时，一个王子骑着马来到了她的身边。王子看到爱尔莎后，立即跳下马，上前握着爱尔莎的手，兴奋地说："亲爱的姑娘，遇见你真是太高兴了，半年以来我经常做梦，在这片森林里遇到你。可是我几百次来到这里，都

没有看见你。但我从来没有放弃过希望，一直在坚持着。今天我在寻找一只被我射中的鹰时，结果鹰没有找到，我却幸运地遇到了你。"

说完，王子将爱尔莎抱上了马，把她带回了王宫。她受到了老国王的盛情款待。

几天后，他们举行了隆重的婚礼。在婚礼上，爱尔莎看到了有五十辆装满各种精美礼品的马车前来祝贺，这是托那洼的女主人送给她的新婚嫁妆。

老国王病逝后，王子当上了国王，爱尔莎也成了王后。许多年以后，她常给人们讲托那洼的故事，在她之后，再也没有人提起过托那洼。

猎狗竹野太郎

古时候，日本有个习俗，男孩子成年后，都要离家外出闯荡一番。要是有两个外出闯荡的青年在路上相遇，他们往往会进行决斗。当然，这种打斗是友好进行的，只是为了证明谁的本领更高强。可是，如果遇上坏蛋，比如拦路抢劫的歹徒，那自然是生死搏斗了。

一天，一个年轻人决定离开自己的家乡外出闯荡，想干一番轰轰烈烈的大事业，好扬名立万。可是，经过了好长一段时间，走过很多很多地方，他既没有遇上一个凶神恶煞的坏人，也没有碰到一个惨遭不幸、需要他拔刀相助的人。总之，对他来说，这次外出闯荡实在没什么值得炫耀的。

走着走着，远处出现了一座荒山，山腰下是浓密的树林。他想，这里可能会有凶猛的野兽出没，能让他大显身手了。于是，他就朝那座荒山走去。山路非常难走，他要越过陡峭的悬

崖，蹚过湍急的河流，穿过满是荆棘的荒地。不过，这一切他都毫不畏惧，反而激发了他的斗志和决心。他是一名真正的勇士，任何艰难困苦他都能克服。

可是，山上荒无人烟，到处是高耸入云的树木，尽管年轻人聪明过人，但还是迷路了。天逐渐黑了下来，他想，今天得在山上找个地方过夜了。他四处寻找，希望能找个安全的地方歇歇脚。后来，他在一块空地上，发现了一座小庙，就连忙跑了过去，找了个避风的角落缩成一团，很快就睡着了。

起初几个小时，森林里万籁俱寂。到了午夜时分，森林里突然热闹起来，响起了很大的喧哗声。虽然年轻人睡得很死，但还是被外面的喧哗声吵醒了。他透过庙宇的木栏小心地向外看，只见一大群野猫正在那里疯狂地跳舞，发出凄厉的尖叫声。在明晃晃的月光下，整个景象显得异常的诡异和恐怖。年轻的武士惊恐地目睹着这一切，竭力克制自己，避免弄出一点儿响动，以免被这群野猫发觉。

年轻人听到野猫不停地喊着："别告诉竹野太郎！保守秘密！保守秘密！别告诉竹野太郎！"

午夜一过，那些疯狂的野猫突然都消失了，四周只剩下年轻人自己，像之前一样寂静。经历了白天的艰难跋涉和晚上的折腾，年轻人倒地就睡着了，一直睡到太阳东升。

醒来后，他感到肚子在咕咕叫，得吃点东西填饱它。他起身走出庙宇，没走多远，就看到前面有一条小路，他沿着这条小路走过去，看到了一些稀稀落落的房屋，再往前就是一个小村庄。

他很高兴，准备大步向村庄走去。这时，他忽然听到一个女孩哭泣，不时发出凄厉的哀号声，好像央求有人来救救她，那凄惨的哭声使年轻人将饥饿抛到了脑后。他向一间农舍走去，想打听一下这个姑娘为什么哭泣，可人们只是无可奈何地摇着头，告诉他不要惹这个麻烦，他是帮不了这个忙的，这一切都是山神造成的。每年，住在这儿的人们都必须送一个年轻的姑娘给它吃。那个哭泣的姑娘，明天晚上就要被那可怕的怪物吃掉了，今年她被选中了。

年轻人问："你们怎么把那姑娘送到山神那里去呢？"他们回答说："把姑娘绑着塞进一只大木桶里，然后被人们抬到森林的寺院里去。"

说起那个寺院，年轻人忽然想起了昨天晚上看到的那一幕，那些疯狂舞蹈的野猫和它们喊叫的恐怖声音。

年轻人忽然问道："你们当中谁知道竹野太郎吗？"

"竹野太郎是我们总管养的一条大狗，总管住的地方离这里不远。"人们告诉他，还嘲笑他怎么会问这么无聊的问题。

年轻人没有理会他们的嘲笑，立刻动身去找狗的主人，恳求总管把狗借给自己，只借一个晚上就够了。起初总管说什么也不愿意把猎狗借给这个陌生的年轻人。后来，经不住年轻人的苦苦央求，总管终于答应了。

年轻人带着狗，匆忙来到那位可怜的姑娘家，告诉她的父母，让他们把姑娘藏起来，把狗放到木桶里去。年轻人知道今天晚上，木桶就要送到庙宇里去了。于是，他提前来到了庙宇，悄悄地藏了起来。

午夜时分，月光笼罩着森林，年轻人看到那些野猫又聚集

在庙宇前，疯狂地跳舞欢歌。和昨天晚上不同的是，多了一只巨大的黑猫，想必是猫王，这可能就是人们所说的"山神"了。

那只黑猫看到了那个大木桶，眼中冒出绿光。它兴奋地叫嚷着，猛扑向木桶，张开大嘴就要咬桶中的"美食"。可是，没等它看清桶中是不是美丽娇柔的姑娘，就被猎狗竹野太郎锋利的牙齿咬住了脖子。隐藏在角落里的年轻人立马跳了出来，用迅雷不及掩耳的速度一刀就砍下它的头。那些野猫看到凶猛的竹野太郎都吓得魂飞魄散，抱头鼠窜，跑得慢的都被年轻人和竹野太郎杀死了。

太阳刚跃出地平线，年轻人就牵着英勇的猎狗来到总管门前。从此，山林恢复了平静，村庄里的年轻姑娘再也不必过着提心吊胆的日子了。每年，村民们都会举办一次盛大的宴会，以此纪念这位年轻人和猎狗竹野太郎。

皇帝的山羊耳朵

　　从前，有一个叫德罗吉的皇帝，天生长着一对山羊耳朵。每天早晨，当理发师给他刮胡子时，他总要问理发师，自己身体是否有异样。若是新来的理发师如实回答，皇帝就会立即命人把他杀死。

　　时间一长，城里能为皇帝服务的理发师几乎被杀光了。这回，终于轮到理发店的老板亲自上阵了。出门时，真是鬼使神差，他竟然病倒了，只好派自己的徒弟替他进宫。

　　年轻的徒弟来到皇帝的寝宫。皇帝连忙问他："你师傅为何不亲自来？"年轻人如实回答说师傅突然生病，来不了了，除了他能顶替师傅外，其他人都没能力完成这一光荣任务。

　　听了他的回答，皇帝很满意，放心地坐了下来，让年轻人给他围上罩布，帮他刮胡子。

　　像之前的许多理发师一样，他当然也看见了皇帝的山羊耳朵。胡子刮好后，皇帝又问年轻人同样的问题，问他是否看到自己的身体有异样？年轻人立即镇静地说："没有啊，与常人没什么不同呀！"

　　皇帝十分满意他的回答，心情十分愉悦，当即奖赏了他十二枚金币，并对他说："好，很好，以后你要天天进宫给我刮胡子。"

　　回来后，师傅连忙问他给皇帝刮胡子有何收获。年轻人回答说："很好啊，皇帝特别欢喜，赏了我十二枚金币，还让我天天去给他刮胡子呢。"至于看到皇帝长着山羊耳朵的事情，他一个字也没有提。

　　从此，年轻人天天进宫给皇帝刮胡子，每天临走时，他都可以领到十二枚金币的奖励。可是时间久了，原本藏在他内心深处的小秘密，再也憋不住了，他想找一个人诉说。

　　年迈的师傅注意到徒弟近段时间心事重重，关切地问他出了什么事。徒弟说，他心里藏着一个小秘密，这几个月来他一直饱受折磨。如果再不把这个秘密说出来，他就会疯掉。

　　"那好，"师傅说，"请相信我，你告诉我吧，我发誓会替你保守秘密。如果你不愿意告诉我，你可以去找神父说去，或者是你到城外找片空地，挖个深坑，然后跪在坑里，小声地说三遍你的秘密，最后把坑填平再回来。"

　　徒弟心想，这个秘密绝对不能被别人知道，所以最好的办法当然是最后一个。当天下午，年轻人独自跑到城外的草地上，挖了个深坑，依照师傅的话，在坑里连说了三遍："德罗

吉皇帝生有一对山羊耳朵。"

说完，他感觉全身轻松多了，心情立马舒畅，他小心地填平深坑，悠然自若地回家了。

一晃几个星期过去了，令年轻人万万没有料到的是，在他所填平的坑里，长出了一株树干有三个分杈的接骨木。三个树杈十分笔挺，如白杨树一般。几个牧羊人在附近放牧，看到这株树后，各自砍下一根树枝，做了一支笛子。可是令他们疑惑不解的是，当他们吹笛子时，笛子只奏出一句歌词：德罗吉皇帝长着一对山羊耳朵。

真是好事不出门，坏事传千里。没几天，全城人都听说了这三支奇怪的笛子，当然也纷纷议论那句歌词。这个消息很快传进了皇宫，皇帝听后，勃然大怒，立即派人将年轻人抓了起来，厉声责问道："你在外边对老百姓说了什么？"

年轻人竭力辩解，说他根本没有对任何人吐露一丝有关皇帝的信息。可是，皇帝根本听不进去他的辩解，拔剑就要杀掉这个年轻人。年轻人吓得浑身哆嗦，只好如实地说，他在草地上挖了个深坑，然后在坑里说了三遍皇帝长着一对山羊耳朵。想不到，坑里长出了一株接骨木，牧羊人用它的树枝做成笛子，笛子不管怎么吹只能出现他曾说过的话。

皇帝听完以后半信半疑，马上传令准备好马车，带着年轻人一起到他挖坑的地方，他要亲自去验证一下年轻人所说的话是真还是假。

来到了挖坑的地方，国王命人砍下一根树枝，做成一支笛子，然后让宫中最好的乐师来吹奏这支笛子。事实的确如此，不论乐师如何吹奏，这支笛子只是反复唱着那几个字：德罗吉皇帝长着一对山羊耳朵。

皇帝终于明白了，就连土地也不能保守秘密。于是，他宽恕了年轻人，把他放回了家。只是从那以后，皇帝再也没有召他进宫给自己刮胡子了。

孔雀和金苹果

从前有一个国王，在他的宫殿前面有一棵很大的苹果树。每天晚上，果树就会开花结果。可是，一到第二天早上，树上就没有一个苹果了，谁也不知道是被哪个胆大包天的贼给偷走了。

国王非常生气。一天，国王对大王子说："要是有人能够想出办法，阻止那些可恶的盗贼继续偷苹果，那该有多好啊！"大王子拍着胸脯说："今天晚上我就守着苹果树，一夜不睡，我倒要看看是哪个强盗竟敢如此胆大妄为。"

夜幕降临后，大王子悄悄地躲在苹果树旁，小心地观察着周围的一切。可是还没等那些金苹果成熟，大王子就睡着了。等到第二天太阳升起时，他才醒过来，这时树上的苹果早就不见了。大王子很羞愧，无奈地走到父王跟前，像罪人一样坦白说他睡着了，没看见苹果被谁偷走了。

虽然大王子没有看好苹果，但二王子却信心满满，相信自己一定会看好苹果。晚上，他像大王子一样，满怀信心地藏在苹果树旁。同样的事情发生了，没多久，他就上下眼皮打架，终于挺不住睡着了。当然，结果也一样，第二天，树上也看不到一个苹果了。

最后轮到小王子来看守苹果树了，他事先搬了一张软垫睡椅放在苹果树下，天一黑蒙头就睡，睡得十分香甜。临近午夜时，他醒了，立即翻身爬起，死盯着苹果树。此时，苹果成熟了，正发出耀眼的光芒，整个王宫都像被镀上了一层金漆，显得更加辉煌。

这时，夜空中出现了九只金色的雌孔雀，其中八只落在了挂满金苹果的树上，准备摘苹果，第九只则拍着翅膀，轻盈地落在了小王子的身边，眨眼间变成了一个可爱的姑娘。这个姑娘长得非常漂亮，赛过王宫里任何一个女人。只看了一眼，小王子就打心底爱上了她，他们坐在一起闲聊着。没过多久，另八只孔雀已摘完了苹果，叫她一起回家。小王子恳求姑娘给他留下一些苹果，姑娘拿了两个苹果送给他，一个给他自己，一个送给他的父王。然后，姑娘又变成了一只金色的孔雀，和那八只孔雀一起飞向夜空，消失了。

天亮后，小王子立即拿着金苹果去找国王，将一个金苹果交给了国王。国王看到金苹果后，十分欢喜，不停地称赞小王子，说他机智过人。

当天晚上，小王子又像昨天一样来到了苹果树下，也是先睡觉，到后半夜醒来。就这样一连过了好几天，每天带两个苹果回来。他的两个哥哥看到后，又气又妒。于是，他们找了一

个老巫婆，让老巫婆帮他们去查探一下，看看小王子是通过什么方法摘到两个金苹果的。

晚上，老巫婆悄悄地躲在了苹果树后。不一会儿，小王子过来了，像往日一样，他先躺在那张睡椅上睡觉，半夜才醒来。突然，夜空中传来一阵鸟儿急促拍动翅膀的声响，九只金孔雀飞了下来，其中八只孔雀直接飞到苹果树上，另外一只飞到了小王子的身旁，一落地就变成一个貌美如花的姑娘。就在姑娘准备问候小王子时，藏在树后的老巫婆突然跳了出来，手拿一把剪刀，迅速剪下了姑娘的一缕头发。姑娘惊叫了一声，猛地跳了起来，变成一只金孔雀飞走了，她的八个姐妹们，也随即一起飞走了。

小王子看到姑娘刚落地，又突然变成孔雀飞走了，十分惊讶，不知道发生了什么。小王子四处寻找，突然看到一个老巫婆藏在树底下，原来都是她搞的鬼。小王子十分气愤，他命令卫兵把老巫婆从树底下拖了出来，立即杀了她。可是，杀了老巫婆也无济于事，事情已发生了，孔雀们都已经飞走了。

之后，小王子每天晚上守候在苹果树下。可是，孔雀姑娘再也没有出现过。小王子见不到自己心爱的孔雀姑娘，痛不欲生。几天后，小王子再也无法忍受失去心上人的痛苦。他决定就算走到天涯海角，也要把自己心爱的姑娘找回来。父王知道后竭力劝阻他，说他漫无目的地寻找不会有什么结果，再说世界上漂亮的姑娘多的是，很容易找到一个像孔雀姑娘一样的。可是，不管国王如何劝说，小王子一句话也听不进去，他执意出去找心上人，并只带了一个随从。

走了许多天后，小王子来到了一个大城堡门前。站在城门

口，透过栅栏，他看到了城里整洁的街道和王宫。小王子想进城休息，可是守门的士兵说什么也不让他进去。士兵问他从哪里来？到这里来干什么？还说只有女王亲自到场，他们才能让小王子进城。

接到士兵的报告，女王亲自来到了城门口。当小王子看到眼前的女王，就是自己朝思暮想、苦苦寻找的孔雀姑娘时，他欣喜若狂。这时，女王也认出了他，上前拉着小王子的手，并肩走进了王宫。

几天之后，他们举行了隆重的婚礼，小王子决定留在这里生活，直到自己生命的结束。

一天早晨，女王对小王子说，她想一个人出去走走，静静心。临走前，她给了小王子十二把地下室的钥匙，让他保管，并对他说："前面的十一间地下室，你可以随便进去看。不过千万不能开第十二间地下室的锁，否则，将有大祸降临。"

女王走之后，小王子一个人留在王宫里，很是烦闷，总想找一些有趣的事情来打发无聊的时间。这时，小王子想起那十二间地下室，想看看里面到底有些什么。

小王子走下楼梯，来到了地下宫殿。他依次把前面十一间地下室的门都打开了，没发现什么奇特的东西。来到第十二间地下室的门口时，小王子犹豫了一下，要不要打开锁呢？在强烈的好奇心驱使下，他早将女王临走前再三叮嘱的话忘得一干二净，最终打开了第十二间地下室的锁。推开门，里面什么也没有，只有一个上了三个锁的铁桶。

突然，铁桶里面传出一个哀求的声音："兄弟！可怜可怜我，给我一点儿水喝吧！我快渴死了！"小王子非常善良，立即取来了一些水，顺着桶上的缝隙倒了进去。只听见"啪"的一声，一个锁打开了。

小王子转身正想离开时，那个哀求声又响起："兄弟！可怜可怜我吧，再给我一些水喝，我快渴死了。"于是，小王子又取来了一些水，像上次那样倒进了桶里。这时，第二个锁也"啪"的一声打开了。紧接着，桶里又传出了第三次哀求，还是要水喝。小王子第三次将水倒入桶里。随后，第三个锁也打开了。突然，只听见"轰"的一声巨响，铁桶炸成了碎片，一条恶龙蹦了出来。

这时，女王刚好从外面散步回来。恶龙趁她不备，迅速抓住她，腾空飞走了。女王的随从，看到女王被抓走后，立刻找到小王子，向他禀告。听到消息，小王子急得快要发疯了，同时也为自己的愚蠢行为懊悔不已。可是，悲剧已经发生，再怎么后悔都于事无补了。他疯狂地喊叫着，发誓不论恶龙藏在哪里，他都要将它找出来，救回自己的妻子。

时间一天一天过去了，小王子毫无目的地四处寻找着恶龙。小王子来到了一条小河边，他看到河岸上有一条小鱼躺在那里，拼命地摆动着尾巴，想跳回河里去，却无能为力。小鱼看到小王子走了过来，连忙央求他说："啊，我的兄弟，求求你，救救我，把我放回河里去吧。我会报答你的，你从我身上取走一片鱼鳞，当你遇到麻烦时，双手搓一下鱼鳞，我就会来帮助你。"

小王子双手捧着小鱼，轻轻放入了水中。在这之前，他按照小鱼的吩咐，从它身上取下了一片鱼鳞，用布包好，放进了自己的口袋里。小王子继续往前赶路，走了十几里路后，他碰

到一只狐狸，被猎人的铁圈夹住了。

"啊！兄弟，求求你，救救我吧！"狐狸看到小王子走过来，对他说，"你要是把我从铁圈里解救出来，我会报答你的，你拔下我的一根毛，当你遇到危险时，双手搓一搓那根毛，我就会出现帮你渡过难关。"

于是，小王子打开铁圈，拔下了狐狸的一根毛，放走了狐狸。小王子继续向前赶路，他经过一座山时，又看见一只狼被网罩住出不来了。狼看到王子连忙说："救救我吧，兄弟！如果你救了我，你会得到好报的。你只要拔下我的一缕毛，在你需要我的时候，放在手中搓一搓，我就会出现。"于是，小王子解开网罩，拔下了一缕毛，把狼放走了。

小王子一个人走了很久，既不见妻子的踪影，也没有遇到什么稀奇古怪的事情。后来，他终于碰到了一个路人，连忙向他问道："大哥，能告诉我龙王住在什么地方吗？"那人详细地告诉了小王子龙王王宫的地址，以及如何走，要走多长时间。小王子非常感激，沿着他指引的路继续前行。终于，在一天傍晚，小王子来到了龙王的王宫。

走进王宫，小王子看见妻子孤零零地坐在空荡荡的大厅里，十分惊喜。他们没时间诉说分离的痛苦，立即商量如何逃走。由于时间非常紧迫，龙王随时都有可能回来。他们来到马厩，顺手牵出两匹马，乘上马如闪电般狂奔。

就在他们一路马不停蹄地跑，跑到完全看不到龙宫时，龙王回宫了。它发现女王逃跑了，于是，命人牵来那匹能说话的马。龙王问道："现在该怎么办？是立刻去追赶他们，还是先吃了晚饭再去？"

神马淡定地说："不着急，先吃晚饭吧，吃饱了再追他们也不迟。"

听了神马的话后，龙王放心地坐下来吃晚饭，边吃边喝一直吃到了午夜。吃完了饭，龙王骑上神马，就去追赶女王和小王子。转眼之间，神马就追上了他们。龙王重新抓走了女王，放走了小王子，并对他说："这次我饶了你，以答谢你将我从铁桶里救出来。不过，你要记着，再胆敢回来，我就立即杀了你。"小王子痛不欲生，一时手足无措。后来，他实在无法忍受内心的痛苦，决定不管龙王将如何处置他，也要再次返回龙宫解救妻子。

女王依旧像上次一样，孤零零地坐在大厅里。他俩又开始绞尽脑汁，想方设法逃出龙王的魔掌。

小王子说："等龙王回来后，你先问它那匹神马是从哪弄来的，然后详细地告诉我，我看能不能想办法也弄一匹。"

说完，小王子怕龙王回来撞见，赶紧溜出了城堡。龙王回宫后，女王热情地来到它身边坐下，说了一大堆恭维龙王的好话，哄得它开怀大笑。趁机女王假装好奇地问："你昨天骑的那匹马跑得真快，它应该是举世无双的神马了。你能给我讲讲那匹神马的来历吗？"

龙王骄傲地说："这世上，只有我才能弄到这匹马。在一座遥远的高山山顶上，住着一个年迈的老太婆，她养了十二匹马，除角落的那匹马外，个个都十分漂亮。唉，那匹马实在太瘦太丑了，没有谁愿意多看它一眼。可是，谁能料想到，它却是马厩里最棒的马，是我这匹神马的孪生兄弟，它能腾云驾雾，在空中恣意飞行，飞得比云彩还高。不过，要得到这匹马可没那么容易，得先给老太婆当三天的仆人，好好地伺候她。"

第二天，等龙王出去以后，小王子偷偷地溜进了王宫，见到了女王。女王把昨天她听到的事情原原本本地告诉了小王子。小王子听后，知道了得到那匹神马是他们能逃跑的唯一机会。于是，他立即动身去高山，找那个养马的老太婆。小王子历尽千辛万苦，越过崎岖的山路，爬过陡峭的悬崖，终于来到了山顶，见到了养马的老太婆。

"你好啊，老妈妈！"小王子向老太婆礼貌地问候道。

"你好，好孩子！你来这里有什么事吗？"

"我是来给你当佣人的。"小王子答道。

老太婆说："很好啊！三天之内，你能看好母马和小马驹，你就可以从我这里随便挑选一匹马作为报酬。要是马跑了，呵呵，得留下你的人头。"

小王子说："我一定能看好你的母马。"

天完全黑了，小王子将那匹母马牵了出来，翻身上马，免得它趁机逃走，那匹小马紧跟在母马的后面。尽管那匹母马跳来蹦去，竭尽所能想把小王子摔下来，可是小王子依旧死死抓住缰绳，牢牢地骑在马背上。小王子毕竟精力有限，而母马折腾不休，最后小王子实在挺不住了，从马背上摔了下来，栽倒在地上，沉沉地睡着了。

第二天，小王子醒来后，发现自己睡在一根圆木上，手中虽然还紧握着缰绳，可是母马和小马驹都已经不见了踪影。他惊慌失措地跳了起来，心"怦怦"乱跳，他四处寻找母马和小马驹，可哪里也没有它们的影子。

一直走到一条小河边他才停了下来。看到滚滚流动的河水，他突然想起来那条被他救下的小鱼。小王子立即掏出那片鱼鳞，放在手中搓了一下，看见那条小鱼游了过来。

"老兄，怎么啦？"小鱼关切地问道。

"昨天晚上，我不小心把老太婆的马给弄丢了。"

"嗯，不用担心，我来告诉你，母马现在变成了一条大鱼，而小马则变成了一条小鱼，你只要用缰绳猛抽河水，并喊快点回来吧，山巫婆的母马。只需喊一声，它们就会出来。"

小王子依照小鱼所说的办法做了，丢失的母马和小马立刻出现在他的面前。王子赶紧用缰绳牢牢地套住母马，然后骑着它回家了，小马紧跟在后面。

这时，老太婆正在门口迎接他们，她从小王子手中接过缰绳，给了小王子一点儿吃的东西，就把马牵到了马厩里。

回到马厩里后，老太婆用棍子狠狠打着那匹母马，叫喊道："你应该躲到那群鱼当中去。"

"我是躲到那群鱼当中了，"母马答道，"可是那些鱼不是我的朋友，它们一起把我给出卖了。"

"好了，下回你躲到那些狐狸当中去。"老太婆说完就走进了屋子，她一点儿也没注意到小王子把她所说的话全听见了。

天慢慢黑了下来，小王子骑着母马到草原上去，小马仍旧在后面跟着，和上次一样，小王子骑在马上，坚持到深夜后，他困得不行，从马上掉在地上睡着了。当小王子醒来后，发现自己躺在一根圆木上面，手中还握着缰绳，可母马又不见了。

他沮丧地向四周叫了几声，站起来开始到处寻找丢失的母马。后来，小王子突然想起昨天老太婆对马说过的那些话，赶紧把狐狸的那根毛掏了出来，放在手中搓了一下。

"出什么事啦？老兄，需要我帮什么忙吗？"狐狸出现在他的面前，关切地问道。

"我把老太婆的马弄丢了，我不知道它们跑到哪里去了。"

"别担心，它和我们在一起。"狐狸回答，"母马变成了一只大狐狸，而小马则变成了一只小狐狸，你只要用手里的缰绳用力地拍打着地面说，出来吧，山巫婆的母马，它们就会马上出现。"

小王子按照狐狸的话去做，不一会儿，母马立刻出现在了他的面前，小马则跟在它的身后。小王子骑着母马回家了，老太婆出门迎接了小王子后，就把马牵进了马厩。

"你是不是忘了我说的话？你应该躲到那些狐狸当中去。"她用棍子用力地敲打着母马说道。

"我按照你说的躲到狐狸当中去了，"母马回答道，"可这些狐狸不是我的朋友，它们一起把我给出卖了。"

"好了，下一次你躲到狼群当中去。"老太婆愤怒地说，仍旧没有注意到小王子在偷听。

第三天晚上，小王子又一次骑着母马，带着小马来到草原，他努力控制着自己，千万别睡着，可是一点儿用也没有。天一亮，他仍旧发现自己掉在地上，睡在一根圆木上面，手中拿着母马的缰绳，可是马又不知道跑到哪里去了。

他站起身来，正想去寻找母马时，突然想起昨晚老太婆与母马的谈话。想到这里，王子立即把那缕灰色的狼毛掏了出来，放在手心用力地搓了一下。

"好久不见啊，老兄，有什么需要我帮忙的吗？"狼站在他的面前，彬彬有礼地问道。

"我把老太婆的母马弄丢了，"王子说，"我不知道它们跑到哪里去了。"

"嗯，不用担心，母马和我们在一起。"狼说，"母马变成了一只母狼，而小马则变成了一只小狼崽。你只要用你手里的缰绳，在地上用力拍打三下，并喊道，赶快出来吧，山巫婆的母马，它们就会现身。"

小王子按照狼的话去做了，一只狼瞬间变成了母马，小马则站在母马旁边。他骑着母马，带着小马回到了家里。老太婆还是站在门口迎接着他们。她把饭菜做好端上来后，就把母马牵进了马厩。

"你们应该到狼群当中去呀。"她一边说一边用棍子用力地敲打着那匹母马。

"按照您的吩咐，我们的确到狼群当中去了，"母马说，"可是这些狼不是我们的朋友，它们一起把我们给出卖了。"

老太婆离开马厩不再说话了，王子站在门口，看见老太婆走了过来，对她说："我为你照看母马已三天了，你现在该给我报酬了！"

"我既然答应过给你报酬，就一定会兑现我的承诺。"老太婆说，"这十二匹马，你随便挑一匹吧，你选哪一匹我都可以送给你。"

"你把角落里的那匹又瘦又丑的马给我吧，"小王子回答，"这十二匹漂亮的马中，我最喜欢它。"

"你不是在开玩笑吧！"老太婆嘲笑道。

"不，我没有开玩笑，我说的是真话。"小王子认真地说。

老太婆答应了小王子，让他把那匹又瘦又丑的马牵走。小王子立刻把缰绳套在瘦马身上，拉着它来到了森林里的一条小溪边，把它全身洗刷得干干净净后，这匹瘦马的皮毛，突然像金子一样闪闪发光。

小王子骑上瘦马后，马载着他腾空飞起，眨眼间就来到了龙王的宫殿。女王日日夜夜盼望着小王子早日归来，她一看见小王子来了，就急忙迎了出去。小王子立刻把她拉上了马背，马儿再次腾空而起，飞上了云端。

刚走片刻，龙王就回来了，发现女王不见后，忙问它的神马："我们现在该怎么办？是吃完饭去追，还是马上去追赶他们？"

神马回答道："不管你是吃完饭去追，还是立即去追，都没有什么用了，因为我们永远也追不上他们了。"

可是龙王根本不听神马的话，立即翻身上马去追他们。

看到后面龙王追了上来，小王子和女王非常担心。瘦马安慰他们说："别担心，我们不会有什么危险的，它们根本不可能追上我们。"小王子和女王这才放宽心，长吁一口气，他们当然相信这匹马说的话。

没多久，一连串喘息声传了过来，那是龙王的马发出的。它冲着小王子的马喊道："唉，我的好兄弟，你别飞那么快呀！我快跟不上啦！你再快点，我就得掉下去啦！"

小王子的马高声回答道："你为何心甘情愿替这么一个恶魔卖命呢？我的兄弟！你赶快把它从你的背上摔下去吧，把它狠狠地摔在地上，摔死他，然后随我们一起走吧！"

听了孪生兄弟的劝告后，龙王所乘的马突然垂直向下俯冲，又突然扭转头，笔直向上飞，狠狠地将龙王摔了下来。龙王从高空摔在岩石上，瞬间摔成了碎片。那匹马迅速地跑到小王子坐骑旁边，让女王骑在它的背上，然后两匹马并肩飞回了女王的王宫。从此，小王子和女王勤恳地治理着国家，在那里一起幸福地生活了好多年。

弹琵琶的王后

从前有一个国王和王后，他们十分恩爱，日子过得幸福惬意。

可是，国王不久就厌倦了这种安逸的生活，渴望能驰骋疆场，在激烈地搏杀中战胜强敌，从而建功立业，扬名立万。

于是，他迅速集结军队，准备征服一个由异教徒统治的国家。这个国家的国王是个暴君，无恶不作，经常鱼肉百姓，老百姓饱受他的摧残。

国王向留守国内替他治国的大臣们交接好国事，制订治国良策后，和王后深情告别，旋即率军登上战舰起航，向遥远的敌国驶去。

战舰在海洋上航行了许久，他们终于来到了这个由异教徒统治的国家。大军一靠岸，立即发起进攻，他们一路高歌猛进，打败了所有抵抗的敌人。然而好景不长，当大军穿越一处

险要的关隘时，突然遭到强大的敌军伏击，军队被击溃，国王也不幸被敌军俘虏。

国王被关进了监狱，所有的战俘都被关押在那里。从此，这位国王就开始了悲惨的生活。白天天一亮，他们就戴着枷锁像牛马一样干活，一直干到天完全黑下来，晚上被锁链锁在一起。

这样痛苦的折磨整整持续了三年。在这三年里，国王每时每刻都在想怎么才能把自己被俘的消息告诉王后，可他一直没有成功。他终于想出了一个奇妙的方法，成功地把信送到了王后手中。信中写道："亲爱的王后，速把我们的城堡和宫殿都卖掉，换成金银财宝，快点来，将我从这可怕的监狱里赎出来。"

读完信后，王后设想国王的处境，不禁放声大哭。"怎样才能成功救出我亲爱的丈夫呀？"她心里焦急地想，"若是我亲自去，那个残暴的异教徒国王见到漂亮的我，肯定要强迫我做他的王妃。如果派一个大臣去，又不知道他是否靠得住。"王后思来想去，终于想出来一个绝佳的办法。她剪掉自己一头修长、漂亮的金色秀发，换上男子的衣服，带上一只琵琶，也没有与任何人说，就独自勇敢地向异教徒国家走去。

王后沿途走过了许多地方，路过了无数城镇，历经重重艰难险阻，终于来到了关押国王的城堡。她绕着城堡走了一圈，终于在宫殿的后面发现了那个监狱。

随后，王后来到了宫殿前面的大广场，拿起随身携带的琵琶开始弹奏。优美动听的曲子很快吸引了过往的路人，他们不禁停下脚步侧耳倾听。

演奏完一首曲子后，王后又开始唱起动听的歌来，那美妙绝伦的声音比云雀的叫声还要委婉动听。

"我离开远方的家园，
来到这陌生的国家。
我放下荣华和富贵，
只携带心爱的琵琶。

我只唱纯真的情歌，
望能敲动你的心弦。
像情人样互诉相思，
日日夜夜与你相伴。

我要歌唱美丽的鲜花，
是阳光雨露让你羞答。
我要歌唱情人的初吻，
离别是爱永恒的代价。

我要歌唱不幸的囚犯，
整日面对高高的围墙。
你孤寂的心多么愁苦，
你能够向谁倾诉衷肠？

我要用歌声恳求路人，
请不要吝啬礼物钱财。
让我美妙悦耳的歌声，

终日在你家门前徘徊。

我要歌唱伟大的国王，
若歌声有幸传入宫殿。
在这些美好的日子里，
我将心满意足不遗憾。"

不久，异教徒国王也听见了这动人的曲子和美妙的歌声，便命令手下人把琵琶手带进宫。"哦，欢迎你来到这里，琵琶手，"他问道，"你是从什么地方过来的？"

"陛下，我从遥远的地方过来，要翻过许多的高山，渡过许多条河流，才能到达这里，许多年了，我独自在这个世界上流浪，靠唱歌维持生计。"

"那么，请你在这里多待几天吧，当你想要离开的时候，因为你美妙的歌声，我会给你想要的任何报酬。"

于是，琵琶手留在了宫中，为国王弹奏琵琶。王后每天都在为国王演奏和歌唱，国王一点儿也不感到厌烦，甚至沉浸于琴声和歌声之中，忘了吃喝，也忘了想方设法折磨他人。他什么也不管了，只是全身心地倾听音乐，时不时地称赞道："多么奇妙的乐曲和歌声啊，这优美的歌曲就像爱人的玉手，轻轻拂去我心中的种种烦恼和忧伤。"

三天很快过去，年轻的琵琶手向国王道别。

"那好！"国王说，"你想得到什么样的报酬，尽管开口。"琵琶手说："陛下，我只有一个要求，就是赐给我一个犯人做随从吧，我一个人旅途太孤单了，假如有个随从一起旅行，一路上我们能相互照顾，我将会很开心的，我会记住您的

仁慈和厚德的。"

　　"这好说，"国王说，"你随我去挑一个合适的吧。"国王说完，亲自领她到监狱。

　　王后在犯人中来回寻找，细心观察着，最终找到了自己的丈夫。于是，她立即请人解开他的枷锁，将他带出了监狱，一起踏上归途。

　　回家的路十分漫长，走了好几个月，被解救出来的国王一点儿也认不出这个年轻的琵琶手是谁。经过千辛万苦，他们终于回到了自己的国家。踏上故国的土地，国王对琵琶手说："善良的小伙子，让我走吧！我不是普通的犯人，我是这个国家的国王，就要分手了，你想要什么样的报答尽管说吧，我会尽力满足你的。"

　　"我不要什么报酬，你就安心地走吧。"琵琶手回答。

　　"亲爱的年轻人，我随时恭迎你到我的王宫做客。"

　　"若时间允许，我定会去你的王宫做客的。"他们说完就分开，各自上路了。

　　王后抄近路赶在国王前面返回了王宫。她恢复了王后的装扮，一个钟头后，国王就回到了王宫，整个王宫人声鼎沸，大家手舞足蹈，奔走相告："国王回来了，国王终于回来了！"

　　国王热情地同大家一一打招呼，可对王后却有点儿冷漠。后来，国王把大臣们召集在一起对他们说："你们看看吧，我的妻子是一个什么样的人？现在她对我那样的亲热，可是当我被关在监狱里，给她送信让她来救我的时候，她却漠不关心，根本就不想来救我。"

　　大臣们齐声说道："陛下，您的信送达后不久，王后就不见了，谁也不清楚她去了哪里，她也是今天才刚刚回宫。"

国王听了十分愤怒，大声喊道："我要将这个不忠的女人送去审判！如果不是一位年轻的琵琶手好心相救，我如今依然在敌国的监狱里，我将一辈子都记着他，永远都感激他。"就在国王和那些大臣议论纷纷时，王后又伪装成琵琶手，拿起那把琵琶，走到王宫前的大广场上，开始用她那甜美的歌喉唱起动听的歌声：

　"我要歌唱不幸的囚犯，
　整日面对高高的围墙。
　你孤寂的心多么愁苦，
　你能够向谁倾诉衷肠。

　我要用歌声恳求路人，
　请不要吝啬礼物钱财。
　让我美妙悦耳的歌声，
　终日在你家门前徘徊。

　我要歌唱伟大的国王，
　若歌声有幸传入宫殿。
　在这些美好的日子里，
　我将心满意足不遗憾。"

听到了歌声，国王非常高兴，立刻出来迎接琵琶手，并拉着她的手，领她进了王宫。

　"看吧！"国王大声宣布道，"这就是把我从监狱里解救出来的年轻人。现在，我亲爱的朋友，我将满足你所有的

愿望。"

　　"陛下！我知道，你一定比那异教徒国王更加慷慨大方，我从他那里得到了你，这一次，我不希望再失去我已经得到的东西，我还是希望要你。"

　　说完，她将戴在头上的斗篷摘了下来，大家一眼就认出了她，她不是别人，正是王后。国王惊得目瞪口呆，随后又大声地笑了起来，沉浸在无比的欢乐之中。他下令举国同庆，大开宴席，以谢臣民。人们闻讯，不远千里纷纷赶来赴宴祝贺。他们足足欢庆了一个星期。

　　有幸的是，我也参加了那次宴会，吃到了以前从未品尝过的美酒佳肴。这一辈子我都忘不了那次盛宴。

仁义小王子

　　很久以前，戈兰登国的国王在森林里迷了路。他焦急地在森林里转来转去，就是走不出来。这时，迎面走来一个陌生人。他走到国王面前问道："朋友！天快要黑了，你怎么还待在这里？野兽马上就要出来捕食了。"

　　"我迷路了，"国王回答，"不知如何才能走出去。"

　　"这样吧，只要你答应我一个条件，我就给你引路。条件就是，你回宫后，把第一个迎接你的人或动物送给我。"陌生人说。

　　国王并没有一口答应，他想了一会儿说："我不能将我最喜爱的猎狗送给你。我相信我一定能找到出路。"

　　陌生人二话不说，径直走了。国王尝试着朝不同的方向走，走了整整三天，依然没有走出去。他有些绝望了，这时，那个陌生人又出现在他的面前，依然提出相同的条件。

国王十分倔强，死活不答应。

于是，他又在森林里转了许多天，试试这条道，走走那条路，最后丧失了信心，非常气馁地坐在一棵大树下面。

这时候，陌生人第三次出现在国王面前，对他说："你真傻，一条猎狗对你来说不算什么，你难道要为了一条猎狗而牺牲掉自己的性命吗？你只要答应我的条件，我马上给你指明方向，领你走出森林。"

"好吧，我答应你的条件，我的生命肯定要比一千条猎狗还要珍贵。"国王说，"整个王国的人都离不开我，我答应你的条件，请带我走出森林送我回王宫吧。"

国王的话刚刚说完，就突然发现，自己已经走出了森林，远处的王宫隐约可见。

国王以飞快的速度走了回去。刚走到王宫门口时，国王就看见，保姆抱着小王子迎了出来，小王子挥舞双臂，高兴地向他扑来，国王吓得浑身哆嗦，一连退了好几步。他怒吼保姆，让她立即将王子抱回去，这时他的猎狗才出来扑向他，像往常一样与他亲热。国王十分恼怒，责怪猎狗没有第一个出门迎接自己，于是，狠狠地将爱犬推到一边。

国王稍后冷静了下来，开始琢磨如何处理这件棘手的事情。后来，他将自己可爱的王子交给了一个农夫，而将他的女儿抱进宫中替换王子。从此，小王子过着艰苦朴素的生活，而农夫的女儿，过着锦衣玉食的生活，盖着金丝被，睡着黄金床。

转眼间一年过去了，那个陌生人如约来到王宫，要求国王履行承诺。就这样，他抱走了农夫的小女儿，当然，他认为那个小女孩就是国王亲生的小公主。国王看到陌生人抱走了小女孩后，如释重负，高兴地下令举行盛宴庆祝一番，同时赐给王子的养父母许多金银珠宝，让他们从此衣食无忧。不过，国王还是不敢将王子领回王宫，生怕他的诡计被别人拆穿。农夫得到大量的金银财宝后，一家人也十分欢喜。

一晃多年过去了，王子逐渐长大成人。他在养父母家里生活得十分幸福。可是，在王子心头，总有一个挥之不去的阴影，让他时刻感到压抑。那就是，养父母的女儿，一个原本无辜的女孩，正在替他受罪。原来，养父母已如实地告诉了他整件事情的来龙去脉。王子听后，暗下决心，等自己长大后，哪怕找遍整个世界，也要把那个女孩找出来。为了继承王位，而让一个可怜的女孩子，平白无故地为他付出一生，这对她太不公平了。

这一天，王子身着农服，背上一袋豌豆，走进十八年前父王曾经迷路的森林。

走了许久，王子放声喊了起来："啊！真是晦气，竟然到了这个鬼地方，谁能指引我，帮助我走出这片森林啊？"

话音刚落，一个陌生的老头走了过来，他蓄着长长的花白胡子，腰间悬着一个皮袋。他冲王子点点头，乐呵呵地说："这地方我十分熟悉，你只要答应给我足够的报酬，我就把你带出这片森林。"

"我是一个穷乞丐，身无分文，"王子说，"我身上的衣服是我主人给的。我是一个孤儿，他收养了我，供我吃，供我穿，将我抚养大，我只能靠替他干活来报答他。"

老头看到他背上有一个口袋，里面装得满满的，于是说：

"你背上的这个口袋看上去很重，里面装的是什么？"

"全是豌豆。"王子说，"昨天晚上我年迈的伯母去世了，她家没有足够的钱来给守夜人买豌豆。按当地的习俗，死者家属都要给守灵的人买豌豆。我这袋豌豆，是特地向主人借来的，我本想穿过森林，抄近路回去，结果我迷路了，不知道怎么办才好。"

"哦！原来是一个孤儿。"陌生人又问，"你能来给我干活吗？我正需要一个像你一样能干的小伙子，来我这里吧！"

"是吗，太好了。我力气很大，也很能吃苦，我保证让你感到满意，但是你给我多少工钱呢？"

"你每天都有新鲜的食物吃，还有奶油和蔬菜，一个星期还可以吃两顿肉，每年还给你定做夏天和冬天的衣服。此外，我还送你一块地，由你经营。"

"这个条件太优厚了，我十分乐意。"王子说，"让其他人料理伯母的后事吧！我这就跟你走！"

见年轻人这么痛快地答应了，老头也觉得非常开心。他兴奋得像陀螺似的在地上转圈，还高兴地唱起歌来，森林里到处充盈着他欢快的歌声。

老头高兴地领着王子，一路上唠叨个不停，王子跟在他后面，一声不吭。老头只顾说话，没有注意到新雇的仆人正沿路撒着豆子。走累了，天也黑了，他俩就睡在一棵大树下。第二天天一亮，他们又继续赶路。正午时分，他们走到一块大石头的前面才停下。老头小心地环顾四周，确信没有其他人后，吹了一下口哨，哨声非常响亮，并用左脚狠狠地连踩了三下。不一会儿，石头竟然转动了起来，露出下方的一扇暗门，那是一

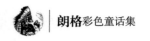

个洞口。

老头用力抓住王子的胳膊，粗暴地说道："快随我进去。"洞里漆黑一片，伸手不见五指。王子隐隐约约地感到洞似乎很深，他们不停地在往下走。过了很长时间，他才看到了一丝亮光，可是这光线比较弱，既不像阳光，又不像月光。王子睁大双眼仔细地观察着四周，发现这丝亮光来自一朵乌云，在这个诡异的地下世界里，它是唯一的光源。在这昏暗的光线照射下，王子看到了山川和河流，也看到了花草和树木，还有一些飞禽和走兽。可是，这些东西和地面上的有些不一样。最令他心惊胆战的是，周围异常寂静，一点儿响声也没有。王子注意到树上的小鸟们正抬着头，张开了嘴巴，分明在唱歌，可是他却听不到鸟的歌声；还有，他明明看见狗在不停地吠，牛在不住地哞叫，可是它们竟然没发出一点儿声音。

王子看见河水在拍打着岩石，不停地奔流，风在摇动着树木匆忙而过，鸟儿在树林中飞来飞去。所有这些没有发出一点儿响声。老头在前面走路，一句话也不说，王子感到奇怪，想问他为什么周围一点儿声音也没有，可是话到了嘴边却咽了下去。

这种令人忐忑不安的寂静，一直持续了很久。王子感觉自己好像掉进了一个巨大的冰窟窿里面，一股冷气袭来，心仿佛也变得冰冷，像是停止了跳动。

后来，王子终于听见了一种微弱的声音，那声音好像是远方的马队，在沼泽地里涉水而过，这种声音令死气沉沉的世界，顿时如幻影般地活了过来。胡子灰白的老头终于对王子说话了："我们得抓紧赶路，锅里的水已经开了，家里的人都在等着我们回去。"

他们继续向前赶路。这时，王子突然听到了一种锯木头的声音，非常嘈杂。可是，老头却说："这是老祖母在睡觉，那些声音是祖母的鼾声，你听，祖母睡得多香啊！"

他们爬过一座山以后，王子远远地看到了主人的房子。房子的周围还有许多的建筑，一眼望去像是一个巨大的村庄，也可以算是一个小城镇。他们终于到家了，王子看见门前有一间简陋的房子，空洞洞的像一个狗窝。"你爬进去吧，"主人说，"我要去看望祖母，你要待在这里等我，哪里也不许去。老祖母上了年纪，非常固执，她不愿意看见陌生人的面孔。"

王子忐忑不安地爬进了狗窝，心里开始有点儿后悔，怪自己太鲁莽，来到这么个鬼地方。过了一会儿，主人出来了，他把王子从狗窝里面叫了出来。他好像遇到了什么不愉快的事情，脾气变得很坏，皱着眉头警告王子说："你在我们家一定要非常小心，不允许出任何差错，否则的话，你随时就会遇上灾难，看你该看的，听你该听的，不许提问题。重要的是，时刻记着闭上你的嘴巴，叫你做什么你就做什么，要老老实实，除非有人问你问题，否则不许你多说一句话。"

王子刚跨进门槛，就看见了一个漂亮的姑娘坐在屋里。她长着一头金色的卷发和一双褐色的眼睛。"太美了！"王子暗想：要是这个漂亮的姑娘，是老头的女儿，如果他让我留下来做他的女婿，我想我是不会拒绝的。这个姑娘摆好桌子，端上了饭菜后，在火炉旁坐下，取出针线，认真地缝补她的长袜，对他就像对空气一样，根本不在乎他的存在。

主人独自大吃大喝，既不叫那位姑娘，也不理会小王子，更不见他的老祖母。他的胃口大得惊人，眨眼间，将十二个壮汉吃的饭菜，吃得所剩无几。他实在吃不下了，就对那位姑娘说："我已经吃饱了，你可以吃我剩下的这些东西了，铁锅里的那些东西你也可以吃，但是骨头一定要留下来喂狗。"

王子看到老头吃完剩下的残羹剩饭，非常讨厌。但是，他必须把那些剩下的饭菜给姑娘端过去，王子发现剩下的不少东西还可以吃，而且味道还不错。在吃饭的时候，王子有好几次偷偷地看着那姑娘，想和她说说话，但是姑娘都不理睬他，当王子张开嘴巴要和她说话时，姑娘都严厉地瞪他一眼，好像在警告他别说话。所以，他只能用眼睛来表达自己想说的话。再说了，那个老头吃了那么多以后正躺在炉子旁边的一张凳子上休息。这时，不论王子说什么，他都可以听得一清二楚。

一天晚上吃过晚饭以后，老头对王子说："这两天你先休息一下，养精蓄锐，也可以到处走走，从后天开始，你就得听从我的吩咐，老实替我干活。每天，我都会安排你干些活，好了，那位姑娘会领你去睡觉的房间。"

王子说："天哪！可憋死我了，我终于可以说话了。"没想到老头突然转过身来，严厉斥责道："好你个不懂规矩的仆人，你要是再敢违反这个家的规矩，我就会砍掉你的脑袋。记住，管好你的舌头，让我安静一些，这样你可以活得久一些。"

姑娘给他做了个手势，示意他跟着她走。她打开了一扇门，拉着王子进了屋，姑娘显得十分忧伤，王子有意想拖延一下时间，但是一想起老头发脾气的样子，他就打消了念头。

她肯定不是老头的女儿，他想：她和可恶的老头不一样，因为她有一颗善良的心，我敢断定，她就是那个代替我来这里忍受折磨的姑娘，我一定要想尽办法，把她给解救出来。王子上了床，辗转反侧睡不着，就算迷迷糊糊睡着了，也会做一些令人恐惧的梦。那些梦不让他得到安宁，在梦里他总是处在危机四伏之中。每次到了即将送命的时候，那位姑娘总是突然出现，帮他渡过险关。

第二天，他醒来去看那位姑娘时，发现她早就开始干活了。王子立即过去帮她从井里打水，把水送进了厨房，还帮她生炉子。

总之，只要王子能想到的，他就尽最大努力去帮助她。这天下午，王子想四处溜达一圈，借机熟悉一下周围的环境。令他惊讶的是，他怎么转也没有遇见传说中的老祖母。

走着走着，他来到了一个院子里，看到了一个马厩和一间牛棚。马厩里有一匹漂亮的白马，牛棚里关着一头黑色的母牛和一头白色的小牛。旁边的鸡、鸭、鹅看到了他后，都向他跑了过来，好像在向他索要食物。

在这里，一日三餐的食物都非常美味可口，但王子还是有点儿郁闷，就是不能和那姑娘说说话。在这位姑娘面前，他一句话也不能说，必须保持沉默。

第二天晚上，按照约定，王子来到了老头的面前，接受工作任务。"明天你先干一些简单的活。"老头看到新仆人来了，对他说，"你割些草喂那匹马，它能吃多少就给它割多少草。除了喂马以外，你还要把马厩打扫得干干净净。要是我回

来时，发现马槽里面没有草，马厩里也不干净，小伙子，你的灾难就来了。勤快点，小伙子！"

走出房间，王子一点儿担忧也没有，心想：这活儿真的太容易干了，虽然我从来没有用过镰刀割草，但我看见那些农夫用过，应该非常简单。王子正想回房间休息时，那位姑娘悄悄地走了过来，附在他耳边小声地问道："他明天给你安排了什么活？"

王子说："一个很简单的活，让我明天割些草喂那匹白马，此外打扫干净马厩就行了。"姑娘叹了口气说："你干不了这个活，实话跟你说吧，那匹白马就是主人的祖母，它的食量惊人，一顿能吃的草料，就是二十个人一直不停地割草，才勉强够它吃。打扫干净马厩，也不那么容易，也得需要二十个人，你一个人根本不可能完成。好了，我教你怎么做吧，你只有按我说的话去做，才能完成任务。你将草装满马槽后，立即用灯芯草织一张牢固的网，然后找一根结实的木材，砍一截做树桩。记住，在你干这两样活的时候，要有意让那匹白马看见。它当然会问你要干什么，你就告诉它，要用网套住它的嘴，不让它吃草，还要用这根坚固的木桩来拴住它，叫它别乱动，不要把草和水洒得满地都是。"

叮嘱完，姑娘就悄悄地走了。

第二天一早，王子就出去干活了。他拼命挥舞着镰刀，不停地割草，不一会就割了一大堆草，足以填满马槽。王子用草装满马槽后，立即又出去割草。当他拖着草回来时，顿时惊呆了，白马早将马槽里的草吃了个精光。王子马上醒悟，他必须按照姑娘的叮嘱去做，要不然，他马上就会大祸临头。

王子立即按照姑娘的叮嘱行动。他先从草堆中挑出一些结实的灯芯草，很快编织成了一个牢固的网。那匹白马看到后，惊讶地问道："我的孩子，你这是干什么呢？"

"哦，没干什么，"王子镇定地回答，"我只想做一个牢固的网罩，好牢牢套住你的嘴，让你再也不能吃草了。"

听了王子的话，白马倒吸了一口凉气，决定不再为难王子了，不再多吃草了。当王子打扫马厩时，白马已变得十分安静，一点儿也不敢乱蹦乱跳，只是静静地站着不动了。临近中午，马槽中依旧装满着草，马厩也干干净净。

王子刚干完活，老头就回来了。他走过来一看，惊呆了，马槽里的草满满的，马厩干干净净。好半天，他才缓过神来，惊讶地问道："你真的聪明过人，这些活干得太漂亮了，是你独自干的，还是有人指点你方法？"

"谁指点我呀，是我的笨脑袋想出的方法。"王子说。

老头半信半疑，皱着眉头离开了。一切十分顺利，王子心里窃喜。

到了晚上，老头又安排他工作，他说："明天没什么重要的事，只是姑娘那边活太多，她忙不过来，你替她去给黑母牛挤牛奶吧。记住，一定要把牛奶挤干净，要不然你活该遭灾。"

"没问题！"王子返回时，心想：挤牛奶，这活儿太容易了，难道这里面又有什么诡计？虽说我从未挤过一滴牛奶，不过我想凭我的双手，应该能轻松完成这个任务。

他有些困了，想立即回到房间美美地睡上一觉，不曾想，那位姑娘又过来了。她问王子："老头安排你明天干什么？"

王子说："一件很轻松的活，帮黑母牛挤牛奶，挤干净就行了。"

"唉！你太不幸了！"姑娘说，"你从早上挤到晚上，也挤不干这头黑母牛的奶。不过，你也别担心，我有一个方法可以救你。记着，你挤牛奶时，拿一盆烧着的碳进去，放在牛棚的中间，然后取一把铁火钳来，放在炭火里烧，这时你要拼命地去吹炭火，让炭火烧得越旺越好，直至把火钳烧得通红。那头黑母牛瞧见了，肯定会问你要干什么，你就按我教你的话回答它。"说着，姑娘踮起脚，对王子耳语了几句，就走了。

第二天太阳刚刚升起，王子就一骨碌地爬起来，一手端着炭盆，一手拿着牛奶桶，进了牛棚。他边给黑母牛挤奶，边按照姑娘昨天的交代，不紧不慢干起活来。

黑母牛看见他伏在地板上拼命地吹着炭火，觉得很奇怪，问道："我的孩子，你干吗这么用力地吹炭火？""哦，没什么，"王子说，"我只想把火钳烧红，免得你下奶慢，让我一天也挤不完。"

母牛大吃一惊，浑身颤抖不已，它惊恐地看着挤奶人。王子根本不理会它，娴熟地挤奶。黑母牛拼命地下奶，唯恐下慢了，挤奶人用烧红的火钳烫它。不一会儿，王子就把奶挤完了。

刚挤完，老头就进了牛棚，坐下来检查黑母牛是否还有奶。他用力地挤，也没有挤出一滴。"这些奶全是你挤出来的吗？还是有人在暗中帮你？"

"谁帮我呀，"王子说，"都是用我的笨脑袋，想出的方

法完成的。"

  · 老头起身，没多说一句话，径直离开了。

　　到了晚上，王子主动来到老头房间，询问他明天干什么。

　　老头对他说："草地上晒着一小堆草，想必早就晒干了，明天你把那堆草搬进草棚里就行了。你记好了，一根草也不许落下，否则定让你遭大祸。"

　　王子听了心里十分高兴，认为这件事太轻松了。

　　王子想：一小堆草，用得着我亲自搬吗？让那些马拉进来就是了。正盘算时，姑娘偷偷地找到了王子，问他明天干什么活。

　　王子笑着说："一件很轻松的活，把外面晒的那堆草搬进草棚里，一根也不许落下。"

　　"啊，你真是太不幸了！"姑娘说，"那堆草那么多，单凭你一人，怎么搬得完，就算全世界的人，都来帮你搬草，也得花一个星期的时间。而且草堆上方的草还没有搬完，地上又会长出新草。这样搬下去，你一辈子也搬不完。还是我教你一个方法吧，明天天亮后，你立即起床，先到马厩，把那匹白马拉到草地上。你准备一些结实的绳子，用绳子的一端，紧紧捆住那堆草，另一端套在马的身上。然后，你就爬到草堆上去，大声地数数，一、二、三……要让那匹白马听到。它听到了就会问你在数什么？这时，你一定要按我教你的话回答。"说着，她对王子耳语了几句就走了。

王子没什么担心的了，上床蒙头就睡。第二天，天刚刚亮，王子就醒了，他备好绳子，溜进马厩，牵出那匹白马，骑上马背直奔草地。哪是一小堆草呀，它足以装满好几十辆马车。王子完全按照姑娘所说的做，将绳子的一端捆住了那堆草，另一端套在了马身上。一切准备妥当后，王子站在草堆上，望着远方，不停地大声数道："一、二、三……"当他数到二十时，白马好奇地问："好孩子，你在数什么呀？"

"哦！我在数狼！"王子镇静地说，"我看见远方森林里出现了狼群，想数数到底有多少只。唉，太多狼了，看来我数不完了。"狼字刚说出口，那匹白马吓得嗷嗷大叫，立即像闪电一般向草棚跑去，片刻间，就把那堆草一根不落地全拖进草棚里。老头吃过早饭就过来视察，当他看到那堆草整齐地摆在草棚里时，惊讶万分，半天说不出一句话。

"你真棒！"他说，"有人帮你出主意吧？"

"谁帮我呀，都是我的笨脑袋想出来的。"王子说。老头摇摇头离开了，他可不相信。天刚黑，王子匆忙来到老头房间，问他明天做什么。

老头说："把那个白头的小牛，牵去放牧，你要照看好，别让它跑掉了，要是它跑了，小心我要你的命。"

王子连连点头，心想：照看一头小牛，真是太轻松了，大多数农夫，十九岁时，都会放一大群牲口呢。正想着，在他走向房间的路上，他又遇到了那位姑娘。

"明天的活，谁都可以去干，太简单了。"他高兴地说道，"我放牧那个白头小牛，不让它跑掉就行了。"

"啊！你可真倒霉！"姑娘叹息道，"你可能还不知道吧，这头小牛一天之内，就能绕地球跑三圈，你还是听我的，找一根结实的细绳，一端系在小牛的左前腿上，另一端系在你左脚的小脚趾上，系好后，不管你干什么，睡觉、闲逛，或做其他事，根本不用担心小牛跑了，它会老老实实跟在你身边。

王子回房后，美美地睡了一觉。第二天起来，王子依照姑娘的方法找一根细绳，两端分别系在小牛和自己脚上，小牛果然变得像小狗一样乖，寸步不离，紧跟在他的身边。

夕阳西沉后，王子牵着小牛回到牛棚。老头看见了，眉头紧皱，忙问王子："你绝不可能这么聪明，告诉我，是谁教你这样做的？"

"没人教我怎么做呀，都是我的笨脑袋想出来的怪方法。"王子回答。

"别糊弄我了，绝对有高人暗中帮你。"老头满肚子怒火，嘟囔着走了。

晚上，老头叫王子过来，对他说："明天你休息一天，不过，早上要到我房间向我问候，到我床头伸出你的手就行了。"

老头说的话让王子有点懵，觉得很反常，很好笑。于是，他主动找到那位姑娘，问她是怎么回事。

"啊！可怜的人！很明显，他要杀了你！"姑娘说，"还是听我的吧，明天天亮后，你先找一把铁铲，将它烧得通红，来到老头床头，向他问候时，千万别伸出你的手，直接将那把烧红的铁铲伸过去。"

第二天，天刚蒙蒙亮，王子就起床了，趁老头还没醒来，就将一把铁铲放入炭火中，烧得通红。不久，老头醒了，大声叫他过去。听到老头的喊声，王子匆忙拿着烧红的铁铲来到他的床头，直接把铁铲伸了过去。看到通红的铁铲，老头叹了口气，说："我头有点晕，可能着凉了，浑身无力，就不同你握手了，你晚上再过来问候吧，那时我会好些。"

整个白天，王子四处溜达。晚上，他准时来到老头的房间。老头热情地款待了他，还对他说："我很满意你这几天的表现，明天太阳升起时，你和那位姑娘一起来我房间，我知道你们偷偷相爱了，我成全你们，将她许配给你。"

王子喜出望外，激动不已，恨不得马上飞起来，要不是谨记这里不许高声喧哗，他可要放声高歌。他竭力保持镇静，与老头告别后，立即跑去找那位姑娘，把老头的话原原本本说了一遍。听完王子的述说，姑娘一点儿也不激动，相反，脸色一下子变得苍白，神情十分紧张。

"老头已经知道，我一直在暗中帮你。"沉默了好久，她紊乱的心绪才平静下来。她说："他想明天早上杀了我们俩，我们得想办法，尽快离开这里，要不然只有死在这里了。你去取一把斧头，找到一个红色的箱子，并将它劈成两半。你会发现，它里面有一个闪闪发光的红球，你立即将它取出来交给我，只有借助它，我们才可能逃出去。"

王子心想，只要找到那个红球，就能和自己心爱的姑娘一起逃出去了。我来这儿前，一路撒的豌豆，想必早发芽了吧，此时应长得很高了，我不用担心寻找回家的路了。

王子找到箱子将它劈成两半后，一个闪闪发光的红色小球滚落下来，发出的红光瞬间将周围的一切照得通红。王子赶紧捡起球，取一块厚布包好，藏入怀中。

王子查看了一下四周后，连忙赶到门口与那姑娘会合，她仅拿了一个小包。

"找到球了吗？"姑娘问道。

"找到了，在这里！"王子递给她说。

"我们得抓紧时间，赶快离开这里。"说完，姑娘将包着小球的布漏出一道缝隙，眼前顿时明亮起来，两人手拉着手，借着亮光跑了出去。

正如王子预料，那些撒在路边的豌豆，早已生根发芽，长出了叶茎，排成一道弯弯曲曲的小篱笆。他们沿着小篱笆往外跑，一点儿也不担心会迷路。

在逃命的路上，姑娘告诉王子，她曾无意中听到老头和他祖母的谈话，说她父亲是国王，在森林里迷了路，哦，不，是中了老头的圈套，不得已将年幼的她送给老头，被他带回了这个地洞。

听了姑娘的话，王子知道了事情的真相，不过他没有向姑娘说破，能将她救出魔窟，总算能安慰一下她不幸的父母。他们一刻不停留，一直跑到了天亮。

老头醒来得比较晚，太阳早挂在天空上了。迷迷糊糊中，他边揉着双眼，边寻思着。突然，他想起来那对年轻人应该来见他了。可是左等右等，就是等不到他们过来。他笑了起来："看来他们有些害羞，还没想好结婚吧。"又等了好久，还是不见他们的身影，心里立即感到不妙，连忙大声喊他们，可是无人应答。

老头有点担心了，又连叫了好几遍，还是没人回应。他愤怒地从床上跳了下来，快步赶到他们住的房间，发现里面什么也没有，床上毫无睡过的痕迹。随后，他找到箱子，立刻明白他们已经逃走了。他恼羞成怒，大声痛骂着，迅速打开第三间牲口棚的门，放出里面的妖怪，命它们立刻去追赶两个逃跑的家伙："想尽一切办法抓住他们，给我绑着带回来，我要重重地惩罚他们。"他的话音刚落，那群妖怪，像风一样跑了出去。

此时，王子和姑娘还在拼命地奔跑。姑娘突然停了下来，对王子说道："不好了！我手中的小球在不停地转动，我们后面肯定有人在追。"他们回过头，看见一块巨大的乌云，正迅速地随风飘近。姑娘把手中的球转动了三圈说：

"魔法的小球听我说，

请把我变成河流，

让我的爱人变成鱼。"

眨眼间，旷野中突然出现了一条河流，河中有一条小鱼在欢快地游着。那些妖怪很快就赶到了，可是它们四处寻找，除了看见一条河和水中的鱼之外，根本没看见人影，只好回家了。

姑娘和王子看到妖怪们走远了，立刻恢复原形，继续赶路。那些妖怪们两手空空、气喘吁吁地回到了家。老头见它们两手空空，忙问它们看到什么奇怪的东西了吗？

"什么也没有，"它们回答说，"旷野上，除了有一条小河和河中的一条鱼之外，什么也没有。"

"一群蠢货！"老头怒吼着，"河和鱼就是他们变的。"

说完，他冲过去打开了第五个牲口棚的门，把里面的妖怪放了出来，命令它们立刻喝干那条河的水，并把那条鱼给抓回来。

那些妖怪立刻冲了过去，像一阵旋风一样不见了。这对年轻人眼看就要跑出森林了，姑娘又停了下来，对王子说道："又不好了！我手中的球在不停地转。"他们回头一看，看到了一大块乌云，随风移动，快速地向他们飞来，这块乌云比上次的还要大还要黑，中间还有一团猩红的斑点。

"又是来抓我们的妖怪。"姑娘说完，又把手中的球转了三圈说：

"魔法的小球听我说，

赶紧把我们变一变，

把我变成一株野玫瑰，

把他变成花附在上面。"

瞬间，地上长出了一株玫瑰。就在这时，那些妖怪们也赶到了，它们四处张望，急切地寻找那条河和河水中的鱼。可是，除了一株鲜艳的玫瑰外，什么也没有发现。它们垂头丧气，两手空空地返回了家。等妖怪们走远了，他们立刻又恢复了原形。他们休息了一会儿以后，跑得比以前更快了。

"喂！抓到他们了没有？"妖怪一进门，老头劈头盖脸地问道。

"没有找到他们，"妖怪头领说，"在那里，我们根本没看到河流，更没有发现一条鱼。"

"哦！那你们有没有看到什么别的东西？"

"嗯，我们发现森林边，有一株玫瑰，上面开着一朵鲜丽的红色花朵。"

"你们这些愚蠢的东西，真是气死我了。"他喊叫着，"那株玫瑰和那朵玫瑰花，就是他们变的。"

说着，他又念咒语，打开了第七个牲口棚的门，放出最能干的妖怪，命它们无论如何也要抓住那对男女，不管死活，都要把他们带回来。他暴跳如雷地怒吼道："去连根拔掉那株玫瑰，将它踩碎撕烂。"

姑娘和王子正在树下休息，吃东西喝水，好补充体力，继续赶路。突然，姑娘惊叫了一声，说道："大事不好，小球又在使劲地跳，快从我胸前的口袋里蹦出来了，一定有更厉害的妖怪在追我们。危险即将袭来，只是被树林遮挡，我们看不见。"

说完，她掏出小球，转了三圈，说道：

"魔法小球听我说，

快把我们变一变，

把他变成小蚊子，

把我变成一阵风，

让我好把他托起。"

话刚说完，姑娘立刻变成了一阵风，王子则变成了一只小蚊子。不一会儿，那群妖怪就杀了过来。它们四处寻找着玫瑰树和玫瑰花，可是什么可疑的东西也没有发现，只好沮丧地返回。

妖怪们刚走不远，王子和姑娘就又变回了原形。"我们用最快的速度跑，尽早逃离这个洞窟。"姑娘说，"要不然，等老头亲自出马来抓我们时，不论我们变成什么，都会被他识破。"

他们使出全力逃到地下最黑暗的地方，那儿一点儿光亮也

没有，要不是借助那个魔球发出的光，他们根本看不清脚下的路。两人筋疲力尽，终于跑到了洞口的那一块大石头旁边。小球又开始不停地转动着，姑娘知道老头就要追上来了。她转动手中的小球，说道：

"魔法的小球听我说，

赶紧把石头挪一挪，

露出洞门逃离魔窟。"

石头"轰"的一声巨响，滚到了一边，露出了一扇小门。他们立即爬了出去，终于重新回到人间。

"现在我们安全了。"姑娘高兴地喊道，"我们已经逃离老头的地盘了，他再念什么咒语，派什么妖怪，也奈何不了我们了。只是，我亲爱的朋友，我们也要分别了！你去找你的父母，我也该回我的家了。"

"不，不！"王子说，"今生今世，我永远也不要和你再分别，你随我回去，做我的妻子吧！我们一起度过了重重险关，从现在开始，我们应该共享快乐。"

姑娘起初有些犹豫，后来在王子的再三恳求下，才同意了。他们在树林里碰到了一个砍柴的老汉，他给他们讲了许多外面和王宫里面发生的事情。自从王子失踪了以后，整个王宫的人都感到很悲痛，人们到处寻找王子，可是，找了许久也没有找到王子的踪影。国王受不了失去王子的沉重打击，已经离开了人世。临终前，他对人们说，是自己欺骗了老巫师，让他带走了农夫的女儿，而把王子留了下来，现在他很内疚，也受到了应有的惩罚。

听到这一噩耗，王子痛不欲生，放声大哭，他非常爱自

己的父亲，为此连续三天三夜滴水不进，粒米不沾。到了第四天，在大臣们的拥戴下，他正式登基，成为新的国王。

当上国王后，他立即将大臣们召集起来，向他们讲述了自己离奇的遭遇，并说有一个善良的姑娘，一直在他旁边，帮助他克服重重的险关，才奇迹般地活着回来。

听了他的故事，大臣们众口齐声地喊道："娶那位姑娘为妻吧，她将是我们的好王后。"

袋中双胞胎

从前有一对夫妻，他们很穷，日子过得非常艰难。丈夫每天都挨妻子的打骂，他只能默默地忍受，从来没有快快乐乐地过一天好日子。

有一天，妻子不知因何事，脾气又来了，拿着扫帚把丈夫打得鼻青脸肿，浑身是伤。丈夫实在不敢在家待着，沮丧地跑到田地里躲避粗暴的妻子。但他是一个闲不住的人，在草地上躺了一会儿后，就起身架网捕鸟。

没多久，他抓到了一只鹤。这只鹤对他说："好心人，把我放了吧，我会报答你的。"

男人回答说："不，我不会放你的，我要把你带回家，我的妻子看到我抓到了一只鹤，也许就不会打骂我了。"

鹤说："那你随我去一趟我的家吧。"于是，他们一起去了鹤的家里。进屋以后，鹤从墙上取下了一个口袋，口中念念

有词："袋中双胞胎，快快显形！"

剎那间，从口袋里跳出一对一模一样的可爱男孩。他们迅速抬出一张木头桌子，桌面铺着精美的丝绸桌布，上面摆满了色香味俱全的菜肴和清凉可口的饮料。男人非常惊讶和兴奋，这辈子他从来没见过，更别说吃过这么丰盛的宴席了。

男人饱餐一顿后，鹤对他说："好心人，我把这个口袋送给你，你回去交给你的妻子，她以后就不会打骂你了。"

男人对鹤深表感谢之后，背着口袋，立即往家里赶。

可是，鹤的家离自己的家太远，他走了没多久，天就完全黑了下来，加上往来奔波，他实在累了，于是，他决定去附近的表姐家休息一晚，明天再回家。表姐有三个女儿，看到他来做客，十分热情，端出她们家最好吃的饭菜来款待他。可是，他对这些香喷喷的饭菜，一点儿也没有兴趣。他得意地对表姐说："你们做的饭菜真的太难吃了。"

"哦，那先将就吃一点儿，填饱肚子吧。"表姐有些生气地说。

男人说："不用了，我自己来弄吧，保证弄一桌好饭菜。"

他叫三个侄女把做的饭菜都端走，然后取出鹤给他的那个口袋，大声念道："袋中双胞胎，快快显形！"眨眼间，一对可爱的双胞胎男孩，立即出现在他面前，迅速地抬出来一张木头桌子，桌面铺着精美的丝绸桌布，上面摆满了色香味俱全的菜肴和清凉可口的饮料。

表姐和三个女儿也从来没有吃过这么丰盛、这么好吃的饭菜，她们又惊又喜。可是，表姐却动了歪心思，她想偷走这个

口袋。于是，表姐对她的女儿说："快去准备洗澡水，让表舅
在睡觉之前舒舒服服地洗个澡。"

男人去洗澡后，表姐马上叫她的女儿们赶制了一个一模一
样的口袋，趁男人洗澡时，悄悄地把口袋调换了，把男人的那
个袋子藏了起来。

男人美美地洗了个澡后，又舒舒服服地睡了一觉。第二天
天一亮，他向表姐一家告辞，背上那个被调换的口袋，匆忙地
回家了。

一路上，他心情十分愉悦，不停地吹着口哨，哼着小曲，
从树林里经过时，他一点儿也没有留意到那些鸟儿正在七嘴八
舌地取笑他。

远远地看到自己的家后，他就迫不及待地大声喊起来：

"喂！老婆子，快点儿出来迎接我。"

妻子厉声责问："你昨天到哪里去了？看我怎么收拾你！"

男人一句话也不解释，径直走进屋子，立马取出口袋，大声念道："袋中双胞胎，快快显形！"

可是口袋里丝毫没有动静，他赶紧又念了一遍，结果还是没有动静。

听到他不知道说些什么，妻子更加生气了，抄起扫帚劈头盖脸地向他打去。男人吓得连忙跑了出去，依旧来到那片田地。庆幸的是，他又看见鹤正在悠闲地散步，就走了过去，把刚才发生的事情全部告诉了它。

"好心人，还是到我家去一趟吧。"鹤说完，又领着他回到自己的家。鹤又从墙上拿下来一个完全相同的口袋，依旧大声念道："袋中双胞胎，快快显形！"

瞬间，一对可爱的双胞胎男孩，立即出现在他面前，迅速地抬出一张木头桌子，桌面铺着精美的丝绸桌布，上面摆满了色香味俱全的菜肴和清凉可口的饮料。

鹤说："你把这个口袋拿回去吧。"

男人再三感谢后，拿着口袋就走了。走了好久，他感到又累又饿，于是对着口袋说："袋中双胞胎，快快显形！"

这时，从口袋中跳出两个完全一样的彪形大汉，手持木棍，冲向男人不问青红皂白劈头就打，边打边唱：

"你持宝贝别得意，

不该人前乱夸赞，

一下、二下、三下，

要是你还不听劝,

定揍你皮开肉绽,

一下、二下、三下……"

两个壮汉不停地猛揍他,打的男人喘不过气来,连忙喊:"袋中双胞胎,快快隐形!"

话音刚落,两个壮汉立即钻进口袋,不见了。

男人系好口袋,背在肩膀上,假装又来到了表姐家里借宿。他依旧把口袋挂在墙上后,对表姐喊道:"表姐,给我准备好洗澡水,我要洗澡。"

表姐把洗澡水准备好后,男人走进浴室。但这次他并没有洗澡,只是坐在那里,静候外面发生的事情。

没多久,表姐感觉饿了,就把三个女儿叫了过来,围着桌子坐好,对着墙上男人刚挂上去的口袋,大声喊道:"袋中双胞胎,快快显形!"

这时,从口袋中跳出两个完全一样的彪形大汉,手持木棍,冲向表姐,不问青红皂白劈头就打,边打边唱:

"打死你贪婪的窃贼,

一下、二下、三下,

赶快把偷来的口袋,

还给它的主人!

一下、二下、三下……"

两个大汉不停地抽打表姐,打得她上气不接下气。表姐连忙大声喊叫大女儿:"赶快把表叔叫过来,告诉他,有两个大汉用棍子打我,打得我皮开肉绽。"

"我正在洗澡呢。"男人在浴室里大声回答。

两个壮汉继续边打边唱：

"打死你贪婪的窃贼，

一下、二下、三下，

赶快把偷来的口袋，

还给它的主人！

一下、二下、三下……"

表姐连忙叫来第二个女儿："快！快！快把表舅叫出来。"

"我正在洗头呢。"男人回答。

表姐只得又让第三个女儿叫他。

他说："我正在擦身体呢。"

最后，表姐被打得实在受不了，就立即叫女儿将上次偷换的口袋拿出来还给他。

这时，男人洗完了澡，从浴室里走了出来，赶紧喊道："袋中双胞胎，快快隐形！"

两个壮汉立即钻进口袋不见了。

男人立即拿上两个口袋，动身回了家。

刚走到家门口，他就大声喊道："喂！老婆子，快出来迎接我。"

听见男人的声音，女人怒气冲冲地吼道："你到底去哪里了？看我怎么收拾你！"

男人走进屋把口袋挂在了墙上，念道："袋中双胞胎，快快显形！"

瞬间，一对可爱的双胞胎男孩，立即出现在他面前，迅速抬出来一张木头桌子，桌面铺着精美的丝绸桌布，上面摆满了色香味俱全的菜肴和清凉可口的饮料。

女人高兴极了，一边吃一边喝，不停地夸奖丈夫有本事，带回这么好的宝贝。"你真棒，从今以后我再也不会打你了。"女人说。

吃完以后，男人立即拿走那个装小男孩的宝贝口袋，换上装大汉的坏口袋。然后，他不动声色地在院子里悠闲地散步。

没多久，女人感觉口渴了，她突然想起丈夫拿回的口袋，想让里面的小男孩弄点饮料喝。于是，她照着丈夫的话，喊道："袋中双胞胎，快快显形！"

这时，从口袋中跳出两个完全一样的彪形大汉，手持木棍，冲向女人，不问青红皂白劈头就打，边打边唱：

"你这个臭脾气的泼妇，

竟然敢打可怜的丈夫，

现在我们好好教训你，

从此别作威作福。"

女人被打得抱头痛哭，边哭边喊："老头，老头，快进来，快进来，有两个大汉用木棍，打得我皮开肉绽了。"男人装着没听见，任由壮汉教训她。估计教训得差不多了，才笑嘻嘻地、不慌不忙地走出来，说道："哎呀，老太婆，你怎么不拿扫帚还手呀。"

两个壮汉丝毫不手软，边打边唱着：

"凶恶的老太婆，你听好，

挨打的滋味不好受，

我们这回好好教训你，

别动不动像一只禽兽，

挨打的滋味定要记好。

一下、二下、三下……"

后来，男人心疼起老婆，立即喊道："袋中双胞胎，快快隐形！"两个壮汉立即钻进口袋不见了。

从此以后，夫妻俩变得十分恩爱和睦，他们快乐地生活着，成为左邻右舍都羡慕的一对夫妻。

爱嫉妒的邻居

　　很久很久以前，有一个村庄，里面住着一对老夫妻。他们无儿无女，只有一条非常可爱的小狗，老夫妻把自己全部的爱都给了它。小狗并没有因为得到老人的溺爱而骄横、自私，相反，它非常感激主人的呵护和宠爱，不管他们到哪里，它总是形影不离地跟在他们身边。

　　一天上午，老人在花园里干活，小狗也像平常一样，在他身旁玩耍。天气非常闷热，不一会儿，老人就汗流浃背，他放下铲子，擦头上的汗。这时候，小狗在不远的地方好像嗅到了什么，用爪子使劲地扒着。小狗经常扒地，老人早就习以为常，并没有特别注意，他擦完汗，又继续干活。

　　可是，今天小狗的行为比较奇怪，它一会儿来到主人身边不停地叫着，一会儿又迅速地回到它扒东西的地方，这样反复跑了好几趟。不久，老人明白了，小狗要让他去看一下它扒到

的东西。

老人拿起铲子，朝狗扒东西的地方走去，狗看到主人跟了过来，高兴得活蹦乱跳，不停地叫嚷着，显得十分得意，连在屋里的老太婆也被它的叫声吸引了过来。

老人心想：小狗一定找到了特别的东西，才叫我过来看的。于是，老人举起铲子，开始挖小狗扒过的地方。没挖几铲，突然他碰到了一件硬邦邦的东西。他用力将那东西从土里拉了出来，一看原来是一个大箱子。老头打开箱子，一下子惊呆了，里面装满了金灿灿的金币。

箱子非常沉，老头立即喊老太婆过来帮忙，俩人一起费了好大的劲儿，才把箱子搬进屋里。这天晚上，老夫妻非常高兴，给小狗准备了一顿非常丰盛的晚餐。小狗让老夫妻一下子变成了富翁，老夫妻当然也更加疼爱它，每天都给它最好的食物，让它睡最好的地方。

很快，左邻右舍都在传老夫妻的小狗在他们花园里找到金子的消息。邻居心里恨得牙痒痒，他们为此吃不香睡不甜，心里满是嫉妒的怒火。

愚蠢的男邻居心想：既然那条小狗能在他们花园里找到金子，肯定也能在自己花园里发现金子。于是，他来到了老夫妻家里，百般央求他们把小狗借给他用一下，好让这条狗在他们花园里帮他找到好东西。老人一点儿也不愿意把小狗借给小心眼的邻居，便婉言谢绝了邻居。他说："对我们这对老夫妻来说，小狗就像是我们的眼睛，我们无时无刻也离不开它，怎么能把小狗借给你呢？"

可是，妒忌的邻居一点儿也不怕被拒绝，他们一而再再而三地来央求。老两口实在抵挡不住他这种无休止的纠缠，便同意把小狗借给他。他再三叮嘱邻居，只能借两天，过两个晚上后，必须把小狗完好地还给他。

借到狗以后，这个愚昧的邻居乐颠颠地把狗牵到了自己的花园里，任它扒东西。可是，狗什么事也不干，只是在花园里四处游逛，邻居非常生气，但也没办法，只能耐着性子等待着。

第二天一早，邻居打开门，便看见狗欢快地跑向花园，跑到一棵树下停下来，用鼻子嗅了嗅，然后用爪子挖土。

邻居高兴坏了，心想小狗一定找到什么宝藏了。他非常兴奋地叫上妻子，赶紧拿把铲子跑向花园的那棵树，也就是小狗用力挖的地方。他们费了九牛二虎之力，挖了一个深坑，发现了一个包裹，他们兴奋地打开一看，竟然是一包臭气熏天的骨头，那臭气差点儿将他们俩熏晕在地上。他们俩恼羞成怒，认为是小狗故意耍弄他们，便一不做二不休，抢起铁铲将小狗活活地打死了。事后冷静下来，他们担心无法向狗的主人交代，心里十分害怕。可是狗已经被打死了，他们也变不出一模一样的小狗。于是，他们只好硬着头皮，泪流满面来到老夫妻家，禀报此事。

他装得很像，哭得十分伤心，就像是自己的亲人死去了一样。他对老夫妻说："我想我还是应该将这个不幸的消息告诉你们，你们的小狗突然得病，倒在地上死了。我们对它照顾有加，尽可能提供最好的东西给它吃。我真没想到，它竟然死了，我十分悲痛。"

老人听到狗死掉的消息，悲痛欲绝。他来到邻居家里，把小狗的尸体带回了家，将它埋在它找到金子的无花果树下。

自从心爱的狗死去后，老夫妻日夜沉浸在失去小狗的悲痛中，再也没有开心过。

一天晚上，老人睡着了，做了一个梦，梦见死去的小狗又回到他的身边。小狗让他砍掉坟前的那棵无花果树，用树干的木材做成一个米臼。

醒来后，老人把梦中小狗的吩咐告诉了老伴，他心中对这件事也十分疑惑，他是一点儿也不想把那个无花果树砍下来，毕竟这棵树每年都长得非常好，他不忍将它砍掉。他问妻子该怎么办。妻子坚定地说："我们遵循小狗的吩咐，它怎么会骗我们呢？"于是，老两口把无花果树砍倒，用它的木材做了一个漂亮的米臼。

每当丰收的季节到来，老夫妻都要把稻谷收割后，将谷子放在了米臼里面杵，将它们变成大米。令老夫妻惊奇的是，当他们把稻谷刚放入新做的米臼时，转眼之间，它们就变成了金灿灿的金子。

看到这么多金子，老夫妻高兴得手舞足蹈，他们又一次为小狗给他们带来好运而欣喜若狂。

没过多久，谷子变成金子的消息又传到了那个爱嫉妒的邻居的耳朵里，他又一次来到老夫妻家里，向他们借米臼，用米臼来杵自己的谷子。老人极不情愿把自己的宝贝借给他，可是又没办法拒绝，只得把米臼借给了这个可恶的邻居。

回到自己的家后，邻居就迫不及待地把一大堆谷子拿了出来，倒入了臼中，并叫妻子一起用力地杵谷子。可是，那些谷子并没有如他们所愿的那样，变成金灿灿的金子，反而变成了臭气熏天像是已腐烂了的果酱，熏得夫妻俩实在忍不住，将米臼投入了火中。米臼很快变成一片灰烬。

任凭邻居反复解释，老夫妻就是不听，愤怒地谴责他们。当晚，老夫妻在悲痛中入睡。这晚，小狗又一次来到老人的梦中。它对老人说，要他把那些米臼的灰烬收集起来带回家。当本地的领主经过这里时，要他爬到路旁的樱花树上，将这些灰烬往下撒，到那时，领主经过的地方，樱花树就会开得绚丽多彩。

按照小狗的吩咐，老人来到邻居家里，把米臼烧成的灰，装进袋子带回了家，小心地装在花瓶里。

这时候，天气还比较寒冷，樱花树还没有到开花的季节，一些有钱的人把樱花树枝放在家里最温暖的地方，好让它提前开花。

老人在大领主要从这里经过的那一天，早早地拿着装臼灰的花瓶，站在路旁等候。没多久，看到远处尘土飞扬，他知道大领主即将带领着大批人马过来。大路两旁都挤满了前来欢迎的人们，他们身穿最好看的衣服，都谦卑地弯下腰来，来到领主面前致敬。可是，老人却站在原地丝毫不动。大领主立即注意到了不向他行礼的老人，非常生气，就派人责问他为什么敢公然对大领主不敬。

老人什么也不说，没等那些官员过来，就敏捷地爬上了路旁的那棵樱花树上，将花瓶里的灰用力地往下撒。顷刻之间，沿路樱花树上的樱花怒放，变成一片粉红色的海洋。看到这样的奇景，大领主简直乐坏了，他立即将老人请到城里，让他尽情地游玩吃喝，返回时还奖赏给他很多昂贵的礼物。

那个爱嫉妒的邻居得知这一切后，心里又急又恨，他立即

来到烧掉那个米臼的地方，将剩余的臼灰收集了起来。

等大领主的队伍再次从这里经过的时候，愚蠢的他也带着臼灰站在路旁等候，希望也能像老人一样好运。看到大领主的队伍过来了，他激动得手足无措，心怦怦乱跳，他也像老人上次一样迅速爬上那棵樱花树，将灰从树上用力往下撒。可是，四周一朵樱花也没有绽放，相反，那些灰随风飘扬，都飘进了大领主和他随从的身上和眼睛里，痛得他们睁不开眼，忍不住地大喊大叫。

大领主十分震怒，立即命令手下将这个肇事者绑住，扔进监狱，关了好几个月，才将他放出来。全村里的人都厌恶他的恶行，将他赶了出去。离开村子以后，他不仅没有痛改前非，反而变本加厉，越陷越深，最后悲惨地死掉了。

魔　刀

　　从前，有一个年轻人，他许下誓言，要娶一个公主为妻，否则他绝不成家。

　　有一天，他鼓起勇气，直闯王宫，请求国王将公主许配给他。国王丝毫看不出年轻人有什么过人之处，家境也一般，当然认为他不配娶他的宝贝女儿，要知道他只有这么一个独生女。不过，出于礼貌，他并没有当场拒绝年轻人，而是说："那好，年轻人，你若能赢得公主的芳心，自然能迎娶她，不过你得满足以下条件：在八天之内，你要想方设法驯服三匹野马，并给我送进王宫。第一匹马要浑身雪白，绝无一根杂毛；第二匹马要身躯枣红，但是马头要黑色；第三匹马，要浑身如墨炭，但必须是白色的头和蹄。此外，你需要准备足够多的黄金，作为聘礼献给王后，这三匹马能驮多少黄金，就带多少回来。"

　　听完国王的条件，年轻人非常气馁，但出于对国王的尊

敬，他还是再三感谢国王赐给他这个机会，随后离开了王宫。一路上，他一直琢磨如何满足国王的条件。

凑巧的是，公主偷听了他们之间的全部谈话。当时，她就站在帘子后面，偷偷地观察了这个年轻人之后，十分中意，他不仅英俊潇洒，而且举手投足之间优雅得体，比她之前见过的年轻男子都要强。她立即回到自己的房间，写了一封信，让贴身的侍女将信送给那个年轻人，并叮嘱他第二天天一亮就到她这儿来。信很短，只有一句话：

"若真心想娶我，请你在明天天亮之前，一定要按照我的吩咐去做。"

当天晚上，公主趁国王熟睡后，偷偷地溜进他的卧室，从他盛满宝物的箱子里，取出了一把魔刀，小心藏好后，才安然入睡。

第二天天还没亮，那个求婚的年轻人就来到公主的房间。他们高兴地紧握双手，互吐真情。两人发誓，无论如何他们一定要在一起，除非死亡把他们分开。

公主说："你骑上我的马朝西边不停地跑，穿过一

片茂密的森林，你就会看到一座有三个山峰的高山。到那以后，你先向右边走，然后再向左边走，不一会儿，你就到了太阳草原。草原上有许多野马在那里吃草，你从这些马中，按照我父亲的要求，挑选出三匹马。要是这些野马不让你靠近，你就取出那把魔刀，让阳光照射它。那时，整个草原都会笼罩在魔刀所反射出的光芒下，那些野马看到这耀眼的光芒，就会主动跑到你面前，任由你牵着它们走，丝毫不会反抗。

选好马后，你在四周寻找一棵柏树，它长着铜根、银枝和金叶。找到柏树后，你用魔刀沿着树根往下挖，不久就会看到无数个的口袋，每个口袋都装满了金币。你尽量往三匹马上装，它们能驮多少，就驮多少。最后，返回见我的父王，告诉他满足了他所有的要求。到时，他就会同意你娶我了。"

说完，公主亲自将魔刀挂在年轻人腰间藏好。年轻人辞别公主后，马不停蹄地向西方奔去。

一路顺畅，没多久，年轻人就来到了太阳草原。他果然看到有很多野马在草原上悠闲地吃草或追逐。可是这些野马十分怕生人，只要一靠近，它们就会立即跑开。年轻人想起了公主的话，马上掏出魔刀，将刀高高地举在头顶上。刹那间，在阳光的照射下，魔刀反射出万丈光芒，将整个草原照得异常明亮。看见熠熠生辉的魔刀后，草原上的野马纷纷从四面八方聚了过来，层层围住年轻人。年轻人很快挑好了三匹马，套上缰绳后，立即去寻找那棵柏树。

没花多长时间，他就找到了那棵奇特的柏树。他用魔刀顺着柏树的铜根不停地往下挖，随着坑越挖越深，终于发现一个口袋，打开一看，果然是黄金。坑中的口袋很多，年轻人尽可能多地往三匹马上装，直到马实在驮不动为止。然后，年轻人带着三匹马回到了王宫。

看到年轻人和三匹驮着黄金的马一起回来了，国王十分吃惊，他做梦也不曾想到，年轻人竟然有这么大的能耐，完成了这么艰难的任务。

国王不得不履行承诺，为年轻人和公主举行了订婚仪式。仪式后，国王问这个年轻人还有什么其他的要求。年轻人回答："尊敬的陛下，我只希望尽快与您的女儿举行婚礼，除此之外，想永远拥有您的那把魔刀。"

长鼻子小矮人

　　许多人都有一个错误的认识，以为精灵、女巫、魔法师这样的人只生活在东方国家。其实，像仙女和其他会法术的神奇人物，在世界各地都有，他们随时可能出现在人们身边。

　　几百年前，在德国的一个大城市里，住着一对夫妻，丈夫是一个鞋匠，妻子是一个菜农。他们很穷，每天都辛苦地工作。丈夫一天到晚都守候在街角，给别人修理鞋子；而妻子则把自己种的水果和蔬菜拿到市场上卖。鞋匠的妻子做生意十分厚道，性格温顺，她的摊位不仅收拾得干净，蔬果也摆放得十分整齐，因而常迎来许多顾客。

　　鞋匠和他的妻子只有一个独生子，叫吉姆，今年十二岁了。他的身高跟普通的孩子没什么差别，不过他长着一个特别讨人喜欢的圆脸。他经常跟随妈妈去市场，坐在她身旁。当顾客选好水果蔬菜，付了钱后，小吉姆经常帮着他们送回家。他因此或收到一束花或收到一块小蛋糕，甚至是一些零钱，作为回报。

一天，吉姆和他的妈妈像往常一样，早早地来到市场，他们把水果和蔬菜摊开摆好后，吉姆就开始大声地吆喝："快来看！快来买！多新鲜的青菜，多么香的香草，还有刚采摘的梨、杏和苹果，都便宜了，大家快来买！"

就在吉姆大声吆喝时，一个老婆婆走过来，她衣衫褴褛，瘦小的脸上布满皱纹，眼睛通红，长长的鹰钩鼻子，尖尖的鼻尖快挨着下巴。她拄着一根拐杖，步履蹒跚，如果吹来一阵大风，她肯定站不稳。

老婆婆缓慢地来到吉姆的摊位前，一边不停地摇着头，一边用颤音问道："你就是汉娜夫人，这些都是你种的香草吗？"

"是的。"吉姆的妈妈回答道，"您想要买点什么呢？"

"那好！不着急，我先瞧瞧这些香草，看看它们合不合我的意。"老婆婆一边说着一边伸出她那双漆黑、枯瘦的手，胡乱地翻弄着篮子里原本摆放得整整齐齐的香草，还时不时地抓起香草，放在鼻子边嗅一嗅。

吉姆的妈妈看到老婆婆胡乱翻弄香草，心里非常生气，可是她强忍着，一句话也没有说。老婆婆把篮子里的香草翻得乱七八糟后，嘴里嘟嘟囔囔地说："这些香草真是太差了，太差了，全是坏的，五十年前的货比现在的要好得多。"

听到她的话，吉姆十分恼怒，当即反驳道："你这个老婆婆，真是蛮横不讲理。"吉姆喊道，"好端端的香草，被你用那双又脏又丑的手这么乱翻，还拿你的长鼻子不停地闻，现在你说它们不好，谁还会来买呢？要知道，就连宫廷里的厨师，

也常来买我们家的香草呢！"

老婆婆狠狠地瞪了小男孩一眼，认为他很无礼。她狡猾地笑了笑说："小家伙，你是不是很不喜欢我的长鼻子？好吧，孩子，你也会有一个长鼻子的，长到一直能碰到下巴。"老婆婆边说边挪到卷心菜跟前，拿起一棵，放下，又拿起一棵，再放下来，还不时用力挤压一下，然后扔回篮子里，嘴里不停地嘀咕道，"这些菜越来越差劲了。"

"别不停地把你的脑袋扭来扭去，真是太可怕了。"吉姆显得十分担心地说道，"你的脖子像大白菜的杆儿一样细，很容易扭断的。如果你不小心把头扭断了，掉进篮子里，谁还敢来买东西啊！"

老婆婆又笑了笑说："你不喜欢细脖子，那好吧，我会让你没有脖子的，头就直接长在肩膀上，那样的话，你就不用担心头会掉下来了。"

吉姆的妈妈终于不再沉默，生气地说："别跟孩子胡乱说了，你如果想买，麻烦快一点儿，后面的顾客都被你赶跑了。"

"好吧，我听你的。"老婆婆显得很不高兴，"我就买下这六棵卷心菜，你也瞧见了，我只能拄着拐杖走路，提不了这些菜，能不能让你的孩子帮我把菜送回家，我会付给他报酬的。"

吉姆很不愿意跟老婆婆走，他十分害怕这个阴森古怪的老婆婆，当即就哭闹着不去。可是，他妈妈一定要他去，吉姆其实很善良，他也觉得老婆婆年老体弱，应该帮她把菜送回家。于是，他提着菜篮子，跟在她后面。

走了半个多小时，他们来到一间看起来就要坍塌的小房子门前停了下来。老婆婆在口袋里掏了掏，掏出一根生了锈的铁钩，插进门板上的一个小洞里，顿时，门像弹簧似的立刻打开了。

　　走进房间，吉姆一下子惊呆了！里面的摆设异常豪华。墙壁和天花板全是光洁的大理石，乌木家具上镶满了黄金和五颜六色的宝石，地板光滑如镜，以至于吉姆不小心连摔了好几跤。

　　老婆婆又从口袋里掏出一个银质口哨，放在嘴上一吹，一群豚鼠立刻从楼上跳了下来。这些豚鼠不是用四肢伏在地上奔跑的，而是像人一样，用后面的两只脚直立行走，脚上还穿着

胡桃木鞋子，身上也都穿着像人类一样的衣服，头上戴着当时流行的礼帽。

老婆婆用拐杖连敲了几下地板，喊道："快点把我的拖鞋拿来！你们这群又懒又笨的家伙！没看到我站在这儿？"

那些豚鼠慌慌张张地跑上楼，拿来一双包皮的椰子壳拖鞋，老婆婆穿上拖鞋后，站起来走路时，变得像正常人一样四平八稳，不再像刚才那样踉踉跄跄。她立即扔掉拐杖，拉着吉姆的手，拖着他进入一间房间。这里看起来是厨房，因为里面有许多餐具，餐桌旁放着沙发座椅，椅子的面料十分讲究。

老婆婆把吉姆推倒在沙发上，将一张餐桌移到他的面前，和颜悦色地说："请坐下，你一路拎着沉重的篮子，走了这么远的路，累坏了吧，我会给你相应的报酬的。先坐一会儿，稍后给你喝汤，我相信这汤的味道，你只要喝了，这一辈子都会念念不忘的。"

说完，老婆婆又吹了银质口哨。一群穿着衣服的豚鼠，围着大围裙，腰带上插满刀、叉、勺子等餐具，走了进来。它们的后面，紧跟着一群助手。它们身着宽松的土耳其裤子，戴着绿色的天鹅绒小帽子。它们不停地奔来跑去，将锅、盘子、鸡蛋、面粉、奶油、香草等食材送到炉灶前。老婆婆则坐在炉灶旁忙碌起来。吉姆明白，她在做汤。不久，她掀开锅盖，说汤好了。她取了一个银碗，盛上汤，递给吉姆说："我的孩子，过来，趁热把汤喝了，我将要把我的全部手艺，一样不落地传授给你，你将会成这个世上最棒的厨师。唉，太可惜，只是你以后再也找不到正宗的香草了，说心里话，你妈妈的篮子里的香草，哪抵得上这种香草一半好啊！"

　　吉姆听不懂老婆婆的话，不过通过汤的香味，就知道它绝对好喝，虽然他妈妈常给他做美食，可没有哪一样的味道能与这碗汤相比，它实在太让人回味了。

　　吉姆快喝完汤时，那些豚鼠点起一种阿拉伯熏香。房间里逐渐弥漫着烟雾，香味越来越浓，差点儿把他熏倒。

　　吉姆一心惦记着妈妈，想尽快回家。他立即站起，想向老婆婆告别，可最终大脑一片空白，倒在沙发上，进入了梦乡。

　　吉姆做了好多噩梦，梦见老婆婆脱光他的衣服，用豚鼠皮将他紧紧裹住，将他变成一只豚鼠，然后他像那些松鼠、豚鼠那样伺候着老婆婆。

　　就这样，他和那些豚鼠、松鼠们生活在一起，他们互相帮助，团结友爱，快乐地生活着。起初，他学的只是擦鞋子，即如何用油将那双椰子壳鞋子擦得油光发亮。随后，他学会了怎样把那些小飞蛾们磨成粉，然后做成松软的面包，给掉光了牙齿的老婆婆吃。

　　吉姆从最低等的用人做起，一个等级一个等级地往上升，每一等级做了一年。四年后，他才进入厨房，做最基层的厨房助手，后来是首席糕点师傅，最后成了一名合格的厨师，世间最难做的菜，一点儿都难不倒他。此外，他会做两百多种点心，还会利用不同的香草做不同味道的汤。

　　时光飞逝，吉姆在老婆婆身旁待了七年。一天，老婆婆临出门时，吩咐他杀只鸡，用香草拌好，在她返回来前烧好。吉姆很听话，杀好鸡，烧开水烫毛，将毛拔得干干净净，又将鸡皮擦洗得光滑白嫩。随后，他来到储藏室，找到香草。突然，他看到一个橱柜半开着，他之前从未打开过这个橱柜。吉

姆探头一看，发现里面有许多篮子，散发出一种浓郁的沁人心脾的香气。吉姆随便打开了一个篮子，看到里面有一种以前从未见过的香草，它的茎和叶皆是蓝绿色的，上面有一朵小花，花的中间是鲜艳的深红色，四个花瓣则是嫩黄色。他闻了一朵花，立即感到有一股强烈的香味直入肺腑。这香味他多年前闻过，对，就是七年前，他喝老太婆给他做的第一碗汤时。香味实在太浓了，吉姆连打了几个喷嚏。随后，吉姆就惊醒了。

醒来后，吉姆发现自己躺在老婆婆的沙发上，他吃惊地环顾着周围的一切，"哦，我竟然成为一个有名的厨师。如果我把这个梦告诉妈妈，她肯定会笑的。她会骂我吗？我没在市场帮妈妈的忙，却躲在这个古怪的房间里睡懒觉。"

吉姆跳起来，想立即回到妈妈身边，可是他觉得四肢僵硬，根本不听自己的使唤，也许是睡得太久引起的，就连转动脖子，也十分吃力。吉姆勉强站起来，走了几步，感觉晕晕乎乎的，长长的鼻子不是碰到墙壁，就是顶到橱柜，他对自己这种笨拙的行为，也笑个不停。梦里的那些松鼠和豚鼠都围着他不停地叫嚷着，仿佛在说他们也想出去。吉姆走到门口，邀请他们一起走时，它们却吓得赶紧扭转身体，跑上了楼。

回城的路途很远，那些狭窄的街道，吉姆竟然好多都不认识。街道两旁围满了人，他们像参观什么怪物展览一样，激动不已。听他们的谈话，吉姆知道他们在议论一个小矮人，他们说："快看这个丑陋的小矮人，瞧他的鼻子有多长，鼻尖都能碰着肩膀，还有他那双棕色、如干柴似的双手，要多丑陋就有多丑陋啊！"

　　要不是吉姆急着回到妈妈身边，他肯定也会去看那个丑陋的小矮人。来到市场，吉姆看到妈妈还坐在摊位前，她前面依然整整齐齐地摆着蔬菜、水果。他心里想，自己睡了这么久，妈妈一定替他担心吧，此刻她正在想他为何还不回来吧。摊位前并没有人，妈妈正托着下巴傻坐着，显得十分伤心，她的脸似乎比他离开时苍老了许多，竟然布满了皱纹。

　　吉姆悄悄走到妈妈的身后，把手放在她的肩膀上说："妈妈，你怎么啦？是不是在生我的气？"

　　吉姆的妈妈扭过头，看到吉姆的样子，吓得惊叫一声，跳了起来。

　　"你这个可怕的小矮人，你想要干什么？"吉姆的妈妈喊叫道，"快点走开，我不认识你。"

　　吉姆十分震惊地说："妈妈，是我呀，我是你的小吉姆呀！你到底怎么啦？难道我身上有什么不对劲吗？你为什么要把我赶走？"

　　"我压根就不认识你，你快点离开。"吉姆的妈妈恼怒道，"你这个丑陋的怪物，别耍什么花招来骗我，我压根就不信你那一套。"

　　吉姆十分难过地说："亲爱的妈妈，到底出了什么事，我该怎样做你才能相信？妈妈，请你再仔细看看我，你肯定能认出来，我就是你的儿子吉姆啊。"

　　"天哪，你们见过这么厚颜无耻的人吗？"吉姆的妈妈转过身来对周围的人说，"你们看看这个吓人的小矮人，他竟然再三对我说，他就是我可爱的儿子吉姆，你们信吗？"

　　市场里的人们都围了过来，大家七嘴八舌，用最恶毒的语

言攻击吉姆，说他太卑鄙无耻了，汉娜夫人的儿子七年前就被人拐走了，她的儿子以前是多么可爱，多么讨人喜欢啊，他竟然跟汉娜夫人开这样的玩笑，多令她伤心啊。那些妇女们恶狠狠地说，如果他不马上走开，她们就扑过去把他撕碎。

可怜的吉姆，搞不清楚究竟发生了什么，他清楚地记得就在今天早晨，他还和妈妈早早地来到市场摆摊，然后帮老婆

婆送菜，去了她家一趟，在她家喝了一碗汤，睡了一觉，做了个奇怪的梦，然后他醒了就回来了。可是，在这短短的不到半天时间里，一切都变了。人们竟然说他失踪了七年，骂他是个丑陋的怪物，这到底是怎么回事呀？目睹自己的妈妈如此对待他，吉姆只好噙着热泪痛苦地去找他的爸爸。

吉姆心想：我先站在门口跟他说话，看看爸爸能否认出自己。

于是，吉姆悄悄来到鞋铺，站在门口往里看，爸爸正忙着干活，一直没有注意到吉姆，等他猛地抬起头，看到门口这个怪物，吓得扔掉手中的鞋子和针线，惊慌失措地喊了起来："上帝啊！这是什么东西啊？"

"你好，师傅，"吉姆极有礼貌地问道，"最近生意好吗？"

爸爸回答道："很不景气，小兄弟！生意不好啊，我越来越老了，快干不了这份工作了。"吉姆非常吃惊，爸爸竟然完全不认识自己！

"您不是有个儿子吗？他可以继承您的手艺呀。"吉姆回答说。

"我是有个儿子，他叫吉姆，如果他现在还活着的话，如今是个十九岁的健壮小伙子了，倒是能帮我的忙。唉，他十二岁时，就十分机智了，会很多手艺，人也长得帅气，特别讨人喜欢。他也很会招揽顾客，唉，可是世事无常啊。"

"那您儿子到底怎么啦？"吉姆好奇地问，声音不停地颤抖。

爸爸回答道："谁知道呢？七年前，他被别人从市场上拐

走了，至今音信全无啊。"

"七年前。"吉姆惊叫了一声。

"是啊，已经七年了，回想起来仿佛就在昨天。七年前的一天，我的妻子哭喊着回来，告诉我吉姆一整天都没有回来。我曾担心发生这种事情，因为吉姆是个帅气的、特别讨人喜欢的小男孩，我和妻子常以此而自豪。我妻子经常让小吉姆给别人送菜。我曾提醒过妻子，凡事要小心，这个城市太大，坏人多着呢，你要看好吉姆，别让他被人拐走了。可是，厄运还是降临了，七年前的一天，一个丑陋的老婆婆，到她那儿买了一些卷心菜。我好心的妻子，担心老人家年老体弱，拿不动菜，就让我们的儿子把菜给她送去。可是这一去，我的儿子再也没有回来，从此谁也没有再见到过他。"

"这事是七年前发生的吗？"

"是的，七年前发生的。当时，我们夫妇俩曾哭着挨家挨户寻找吉姆。城里许多人都认识我的儿子，可爱的小男孩儿，大家都很喜欢他，可是谁也没有见过那个买菜的老婆婆。只有一个九十多岁的老婆婆说，那个老婆婆可能是赫贝丽娜仙女，她每隔五十年就到城里来一次，买一些东西回去。"

听完爸爸的话，吉姆彻底明白了，自己做的不是一场梦，而是活生生的事实，他曾确实变成一只豚鼠，伺候了老婆婆整整七年。想到这里，吉姆心里非常愤怒，七年的青春就这样被葬送了，可他有什么收获呢？不错，他学会了擦椰子壳拖鞋，学会了擦玻璃地板，向那些豚鼠学厨艺，成了一名顶级厨师。吉姆傻傻地站着，沉浸在这七年的回忆中，直到爸爸喊他才停止。

"小伙子，想要我为你做些什么呢？做双鞋，或还是给你的鼻子做个套子？"吉姆的爸爸边说，边笑了起来。

"你想要替我的鼻子做什么？"吉姆问，"我好好的，为什么要给鼻子做个套子呢？"

"也是，人各有所爱。"爸爸回答，"但我若是你，有一个这么长的鼻子，我一定替它做一个漂亮结实的皮套，这样的话，它碰到什么硬物就不会撞痛了。正好，我有一块非常好的皮料，恰好适合你的鼻子。"

吉姆害怕极了，伸手摸了摸自己的鼻子，觉得它又肥又壮，足有两个手掌长。不用说，那个可恶的老婆婆，已经施魔法让他变得面目全非了，难怪妈妈、爸爸都不认识他了，叫他可怕的怪物。

"师傅，"吉姆说，"你有镜子吗？如有，可以借我用一下吗？"

"小伙子，"爸爸回答道，"你的长相实在没法恭维，也根本不值得你自我欣赏，别浪费时间照镜子了，再说我这儿也没有镜子。你如果一定要一睹自己的真容的话，你去理发店吧，离这儿也不远，理发师肯定会将镜子借给你的。慢走，不送了。"

说完，他有礼貌地请吉姆出去，迅速地关上门，又埋头干起活来。吉姆知道那个理发店，快步来到店里。

"你好啊，理发师！"吉姆说，"我能用一下你的镜子吗？"

"当然可以。"看了他的模样，理发师笑弯了腰，店里所有的人都笑了起来，"你太帅了，小伙子！瞧，你的脖子像天

鹅一般长，你的双手洁白如玉，你的鼻子最美啦，真是短小精悍，好别致哦。嗯，你得对自己的容貌有足够的自信，镜子在那儿，你爱照多久就照多久吧。"

说完，店里人哄堂大笑起来。吉姆默默走到镜子前，看到自己如今的丑陋模样，眼泪如决堤的水直往下落。

吉姆想：难怪你们不认自己的孩子，亲爱的爸爸、妈妈。以前你们以帅气的儿子为骄傲，现在却变成丑八怪了。

我们来看一看现在吉姆的模样吧：小小的，如同豚鼠一样的眼睛；硕大弯曲的鹰钩鼻子，已垂到下巴的下面；完全没有脖子，头直接架在肩膀上面。更让吉姆伤心的是，他现在还是七年前刚满十二岁时的身高，可是身体却横向发展，胸部和背部像被吹得鼓鼓的气球；而他的细小的双腿，简直如卷心菜的根；他的手臂十分粗大，像健康的大人一样，又宽又大，可是他的手指，简直是皮包骨，像铁钉钉在手掌的上面。

吉姆猛地想起了那天早上第一次见到老婆婆时，她对吉姆说的那些吓唬他的话。他明白，那不是吓唬，而是报复，全灵验了。吉姆没有吱声，默默地在众人的嘲笑声中，离开了理发店。

吉姆决定再回市场找妈妈，看到她还坐在那儿，他再三恳求妈妈，耐心地听他诉说这七年的遭遇。于是，他一五一十地从他送菜去老婆婆家讲起，讲他这七年为她干活的经历，她如何施魔法改变他的模样，此外，还说了许多他十二岁之前的事情。

吉姆的妈妈听了他的述说，半信半疑，尽管故事说得有板有眼，可是她无法接受眼前的这个丑八怪就是她那个可爱的儿子。她没有主见了，只好带吉姆去找她的丈夫，听听他的意见。

来到鞋店，妈妈对爸爸说："你瞧，这个小矮怪说，他就是我们失踪了七年的儿子，他告诉我七年前，他如何被骗走，如何被仙女施了魔法变成如今的模样，他还说了许多小时候的事情。"

"是吗？"鞋匠怒火中烧，立即打断她，阻止她再说下去。"这个丑八怪就会忽悠你。一个小时前，我刚把儿子如何失踪的事告诉他，他马上就去骗你，真是太可恶了。好，你是我那个可爱的儿子，你中了魔法，那我就给你破除魔法。"

说着，他就抡起皮带狠狠地抽打吉姆，打得他抱头鼠窜，痛哭着离开了。

父母不相认，有家不能归。伤心欲绝的吉姆只能像乞丐一样流落街头，过着东讨西乞的生活，吃不饱喝不足睡不安。晚上睡在教堂的长椅上，他在想，日后该怎样生活，不能像乞丐一样呀。当第二天的阳光照在他脸上唤醒他时，他猛地想起他曾是一名顶级厨师。于是，他决定去王宫找一份厨师的工作。

吉姆直接去了王宫，他早就听说国王特别爱好美食。

吉姆一到王宫，立即被王宫里面的仆人围住了，他们像看到怪物一样跟他开各种玩笑，不停地戏弄他，嘲笑他。他们的嬉笑声十分响，惊动了王宫的大总管，他立即出来制止大家喧闹，说国王正在睡觉，不要惊扰到他。不过，当他看到吉姆的滑稽长相时，也忍不住笑了起来。

仆人们散开了，走时还时不时地回头看吉姆。驱散众人，

大总管把吉姆带到自己的房间。他问了吉姆的来意后，善意地说："你弄错了吧，你想做厨师，我看你还是做国王的小小矮人，逗他开心吧。"

"不，总管大人，"吉姆说，"我绝对是这个世上绝无仅有的顶级厨师，如果你能把我介绍给王宫的大厨师，我只要有机会露一手，相信他一定会拍案叫绝的。"

"那好吧，我就帮你一次。不过，你还是听我劝，做国王的小小矮人吧，那更加适合你。"

说完，大总管把吉姆领到大厨师的房间。

"大厨先生，"吉姆鞠躬敬礼，长鼻子几乎撞到了地板，"你们需要一个顶级厨师吗？"

大厨师仔细地打量了吉姆，忍不住笑了出来，反问道："你是一名顶级厨师？我的天哪，你有我们的炉灶高吗？你看得到锅里的东西吗？我的朋友，你不认为那些把你领到这儿的人，只不过是想跟你开个玩笑吗？"

吉姆一点儿也不气恼。他轻描淡写地说："在这么大的厨房，弄点鸡蛋、奶油、面粉和一些调料，应该不难吧。好，你随便点一道菜，然后把我需要的材料备好，你再看我的手艺是高是低吧。"

在吉姆的再三央求下，大厨师同意让他试一下。

他们三个人来到厨房。这个厨房非常大，至少有二十个炉子火烧得正旺，水槽里的水一刻也不曾停过，哗哗地流，里面还有许多活鱼，在不停地游动，至于说那些设备和用具，当然是最新最好的。厨房里还有很多厨师和帮手，正在不停地忙碌着。

大厨师一走进来，里面所有的人立即站起来，向他敬礼。

"国王陛下今天的午餐，点了什么菜？"大厨师问道。

"先生，是丹麦汤和汉堡点心。"

大厨师看了看身后的吉姆说道，"你听到了吗？年轻人，你会做这两道菜吧？那可不只是普通的汉堡点心。"

"就这两道菜吗？"吉姆淡定地说，这两道菜对他来说简直太熟悉，他在那七年里，不知做了多少遍。"丹麦汤，只需给我准备一些鸡蛋，一块野猪肉，一些香菜，就行了；至于那个汉堡点心，"他小声对大厨师说，"我得要四种不同的肉，一些酒，一些生姜，此外还要准备一些鸭的骨髓和一种香草。"

大厨惊讶地问："你是从哪儿学到这些秘方的？这些的确就是做这两道菜的全部佐料，不过，我没听说过香草，也从未用过，我想添上香草，味道会更美吧！"

很快，一切材料准备妥当，就看吉姆一展身手了。正如大厨师所说，他太矮了，够不到灶台。不过，这一点儿也难不倒吉姆，他用一块大木板放在两张凳子上，跳上木板，开始做菜。只见吉姆动作麻利，手法标准，令所有的厨师称赞不已。吉姆配好菜，将菜放进锅里，然后开始数数，当数到五百时，他将锅中的菜盛到两个银盘里，请大厨师品尝。

一名厨师立即拿来一只金勺子，擦洗干净后，双手递给大厨师。大厨师接过勺子，取了一点菜，放入口中，神色十分凝重。只尝了一口，他当即由衷地称赞道："味道美妙极了，好小子，你真有一手绝活，那种香草真可以说是画龙点睛，是神来之笔，将所有的美味全激发出来了。"

正说着，国王的侍从进来了，说："国王马上要用餐了。"于是，厨师们连忙将两个银盘的菜端了出去。

菜端上去后，大厨师立即请吉姆进自己的房间，刚落座，还没说话，有人进来说，国王想见大厨师。大厨师赶紧换上礼服去见国王。

国王显得异常高兴，将送来的午餐全吃光了。看到大厨师进来，忙问，"今天的午餐是谁做的？"国王问道，"我知道你做的点心很好吃，只是没想到今天竟然做得这么好吃，到底是哪位厨师的杰作？"

"尊敬的国王陛下，这是新来的厨师做的。"大厨师把事情的经过原原本本地述说了一遍。国王听了也惊讶不已。

国王当即派人请吉姆过来，问了他许多问题，吉姆说："他是一个孤儿，他的手艺是一个老婆婆传授的。"当然吉姆不会告诉他，自己被施了魔法，曾变成过一只豚鼠。

"我希望你能留下来，"国王说，"你的报酬是每年五十块金币，一年一件新衣服，几条裤子。你要亲自下厨做菜，制定新菜谱，我暂且任命你为助理大厨师。"

吉姆连忙磕头致谢，头将地板磕得咚咚响，他说以后一切听从国王的吩咐。

上任后，吉姆立即投入工作，而厨房里的所有人都非常喜欢他，竭力配合他。要知道国王的脾气十分暴躁，口味特别挑剔，饭菜稍有不满意，就会把盘子和碗碟掷向那些厨师和仆人。可是，自从吉姆上任后，国王没有因为饭菜发过脾气，而且他从一日三餐改成了一日五餐，身体一天比一天强壮了起来。

　　不知不觉中，吉姆在王宫里度过了两年，深得国王的信赖和众人的钦佩。只是，每当想起年迈的父母，他就潸然泪下。日子如流水般一天天逝去。

　　一天上午，吉姆像往常一样亲自来到市场上挑选家禽和蔬果，这次他想买几只肥鹅。现在市场上的人们，没有谁再嘲笑他了，都知道他是国王最喜欢的厨师。看到吉姆走了过来，那些卖鹅的妇女受宠若惊，高兴极了。

　　一个卖鹅的女人引起了吉姆的注意。她静静地坐在角落里，没有像别人一样大声吆喝叫卖自己的鹅。他走了过去，拎起她的鹅后，觉得够沉，很有分量，他很满意，当即买了三只装进笼子，扛在肩膀上就往回走。

　　一路上，吉姆注意到笼中的三只鹅有两只鹅十分活泼，第三只鹅却显得很忧伤，竟然时不时像人一样叹气。莫非是只病鹅？吉姆心想：赶快回去先把它杀了。

　　可是鹅似乎早看穿了吉姆的心思，竟然开口说：

　　"别紧捏我的脖子，

　　再捏小心我咬你，

　　你若砍断我脖子，

　　你也会随即病死。"

　　鹅竟然会说话，吉姆听后大吃一惊，赶紧放下笼子。那只鹅用聪慧、忧伤的眼神盯着他，随后长叹了口气。

　　"上帝呀，"吉姆说，"鹅小姐，我万万没想到，你竟然会说话。不过你放心，我懂得保护动物，绝不会伤害你的。我敢肯定，你生下来并不是一只鹅，因为我也曾经是一只豚鼠。"

"嗯，你猜对了，"鹅小姐说，"我本不是一只鹅，而是一个漂亮的少女，是著名巫师韦兹波得的女儿，叫米米，谁曾想到我会被当成一只鹅杀掉，端上餐桌呢？"

"嗯，别担心，米米小姐，"吉姆安慰她说，"我是一个老实本分的人，作为王宫里的助理大厨师，定会尽全力保护你的。我将在我的房间为你专门做一只笼子，每天给你提供最好的食物，只要闲下来，我尽可能回来陪你聊聊天，我还会告诉其他人，要用最好的食物将这只鹅养肥养壮，日后给国王做一道精美绝伦的菜。只要机会一来，我立即放了你。"

鹅听到吉姆的话，流着眼泪谢恩。吉姆说到做到，先杀了另外两只鹅，然后特地在自己的房间里做了一间小鹅舍，让第三只鹅住下。他还对所有的厨师说，要亲自饲养这只鹅，把它养得又肥又壮。

只要闲着，吉姆就回到自己的房间，陪米米说话，用最好吃的食物喂她，他们互诉各自悲惨的遭遇。听了米米的故事，吉姆得知，米米是巫师韦兹波得的独生女，住在戈兰岛，因父亲和一个老仙女发生了矛盾，老仙女打败了韦兹波得，为了报复，把他的女儿米米变成一只鹅，扔到了一个遥远的地方。

听完吉姆的故事后，米米说："你应该被一种香草迷住过，中了它的魔法。只要找到这种香草，就能将你从睡梦里唤醒，施在你身上的魔法就会自然破解。"

米米的话让吉姆精神大振，不过他到哪里找那种香草呢。

恰巧邻国的王子来访，他是国王最要好的朋友。国王立即把吉姆叫来，对他说："你该大显身手了，这位邻国的王子也是一位大美食家，他品菜的水平与我不相上下，对食物十分挑剔。这些天里，每一餐，每一道菜，你要亲自把关，保证他吃得开心，丝毫不抱怨。你一定要给我长脸。至于你需要什么食材，尽管去采购，花多少钱都行，哪怕是让我破产都没关系，只要别让他嘲笑我的王宫没有好吃的就行。"

吉姆鞠躬敬礼后，回答道："国王陛下，我定会谨记您的叮嘱，竭尽全力让您和王子吃得开心舒服。"

从这一天起，吉姆整天泡在厨房里，忙碌不休，那些助手也围着他忙得团团转，各种色香味俱全的美味佳肴，源源不断地送到国王和王子的餐桌上。

邻国王子一住就是十四天，每天吃五顿饭，顿顿都吃得非常开心，心满意足。国王对吉姆的手艺称赞不已。

到了第十五天，国王向邻国王子隆重介绍他的御厨吉姆。

邻国王子对吉姆说："你真是一个伟大的厨师，能做这么多好吃的菜，而且没有一道重复的菜，每道菜都让人回味无穷。不过，你为何没做皇后点心——苏珊奈尔点心呢？"

吉姆有些惶恐，因为他从未听说过这个点心，不过，他不露声色地说："我一直在等待最佳时机，希望在您临走前的最后一顿晚宴上，亲自做这道皇后点心，来庆贺您的成功来访。"

国王笑着说："好家伙，莫非要等我临死时，你才做这道皇后点心给我吗？这两年时间里，你可从未做过这道菜。好了，你现在去准备今晚的盛宴，明天一定要把皇后点心做好送上来。"

"是，谨遵您的吩咐，只要国王陛下您高兴，我定当努力办到。"吉姆说完立即告辞。

回到房间，吉姆忧心忡忡，心想：出洋相的时候到了，他哪里知道皇后点心如何做。米米看到他心事重重、魂不守舍的模样，忙问他出了什么事？

吉姆如实跟她讲了皇后点心的事。米米安慰他说："开心点，吉姆，我知道皇后点心，以前常吃，我知道怎么做。"于是，她详细地告诉吉姆，该选什么食材，每一步该怎么做，最后说，她觉得照这样做差不多了，即便某些细节上有些疏漏，想必他们也不会觉察。

第二天，皇后点心被送到国王和王子面前，点心上装饰着五颜六色美丽的花瓣。吉姆换上最华丽的礼服，亲自给国王和王子盛上点心。国王狠咬了一口，仔细地品尝后，立刻夸赞不已。

"无愧于皇后点心的美誉，味道太棒了，嗯，吉姆称得上厨师国王了，我的长鼻子朋友。"国王吃过点心对邻国王子说。

邻国王子吃了一小口，在嘴里反复咀嚼，然后带着狡黠的微笑说："点心做得很棒，可是并非十全十美。呵呵，我早料到会这样。"

听了邻国王子的嘲讽，国王勃然大怒："你竟敢敷衍我，看我如何收拾你，我要立刻砍下你的脑袋。"

"刀下留人，仁慈的国王陛下！这道菜，我完全是按正宗的菜谱做的，并没有遗漏任何细节。敢问王子殿下，我还有哪些疏漏之处？"

邻国王子微笑着说："我的长鼻子朋友，这道菜我早就预料到，你不可能像我的厨师做得那么好，原因无它，只因缺一种香草，这种香草想必在贵国无人知道。只有在这道菜里，添

加这种香味后，才算完美无缺，才能称得上正宗的皇后点心。"

听了他的话，国王更加恼羞成怒，大吼道："我一定要吃到最完美的皇后点心，如果你明天不能做好最完美的皇后点心，就等着砍脑袋吧。我限你在二十四小时内做好，去准备吧。"

可怜的吉姆，匆匆忙忙逃回到自己的房间，将面临的麻烦向米米说了，与她商量对策。

"找香草？小事一桩，我定能帮你找到那种香草。我爸爸曾教过我如何识别植物和香草。这种香草只在新月初升的时候才会长出来，今晚正好有新月，真的是太幸运了。现在告诉我，王宫附近有栗树吗？"

吉姆如释重负地说："有，离王宫大概有一百米的湖边，有许多栗树。你问这个有什么用？"

"告诉你吧，这种美味的香草，只生长在栗树根边。"米米说，"走，我们赶快去找。你把我抱到门外，再放下，我自己去找，我会找到它的。"

吉姆把米米抱到花园后放下，米米蹒跚地跑向湖边，吉姆紧跟在她后面。

米米在栗树根边不停地用嘴将每一棵香草翻来拨去，可是过了好久，她也没有找到那种香草。

吉姆突然看到湖的对岸有一棵高大的栗树，孤单单地耸立着，他对米米说："走，我们去湖对岸碰碰运气。"

米米听了之后，不停地拍打着翅膀，跳着蹦着跑在前面，吉姆迈着小腿紧跟在她后面。老栗树巨大的树冠，遮住了月光，在地上留下一个巨大的黑影，在这影子的影响下几乎什么也看不清。

突然，米米停了下来，兴奋地拍着翅膀，嘴在地上努力地拨着。她惊喜地对吉姆说："这就是那种美味香草，这里有一大片，你再也不用发愁了。"

吉姆摘了一棵，来到月光下，默默地观察这种植物，不停地嗅着它发出的强烈的香味。突然，吉姆想起那天在老太婆房间里被施魔法时，闻到的、看到的就是这种香草，它的茎和叶子也是蓝绿色的，花的中间是黑红相间，花瓣的边缘是黄色的，和眼前的香草一模一样。

吉姆欣喜若狂地说："我敢肯定，就是这种香草，把我变成如今丑陋的模样，我应该多采一点儿，试试能不能破除身上的魔法。"

"别着急，我在这儿挑一大把特别好的香草，你先回宫，到你的房间，把你所有的行李收拾好后，再来这里试试这种香草的魔力吧。"

吉姆听了，夸她言之有理，随后匆忙回宫，直奔自己房间，将行李打包好后，来到大栗树下，将头深埋进一大堆香草中，猛吸它们的香气。

没多久，吉姆就听到他的四肢咔嚓咔嚓地不停地响，逐渐地伸长，脑袋一点一点离开肩膀往上升，鼻子越来越小，越来越短，原先像气球一样鼓着的胸膛慢慢地缩了下去，向两旁展开，后背也慢慢挺直，双腿不断变长。

米米高兴地望着吉姆说："啊！原来你长得这么英俊！这么魁梧！你完全变成另外一个人了。"

吉姆心里说不出有多高兴和激动，他双手合拢，向米米表达深深的谢意。在兴奋之余，他丝毫没有忘记给他带来好运的

朋友米米。

"是你拯救了我，将我身上的魔法解除。若没有你，我如今还是丑八怪，甚至马上就会被砍下脑袋。好了，是该我报答你的时候了，我要带你回到你的父亲身边，他定能破解你身上的魔法。"

米米兴奋地同意了。他们想方设法瞒过卫兵，悄悄地溜出王宫，经过一路艰难跋涉，终于平安到达米米的故乡——戈兰岛。米米的爸爸，韦兹波得立即替女儿解除了魔法。父女俩十分感激吉姆，送了他许多珍贵的礼物。

吉姆回来后，立即去找自己的父母，这回父母痛快地认下了他。失踪近十年后，英俊强壮的儿子又回到了身边，老两口别提有多高兴。吉姆用米米父亲给的礼物，换了好多钱，买下一家大门面，开了一家店铺。自开张之日起，生意就非常红火。从此，一家人过上了幸福美满的生活。

青蛙姑娘

从前有一个女人，她有三个儿子。虽然他们是农夫，却很富裕，因为他们拥有肥沃的土地，庄稼每年都获得大丰收。

有一天，三个儿子告诉母亲，他们准备结婚。

母亲回答说："只要你们喜欢，当然没有问题，不过你们的心上人必须贤惠，能全心全意协助你们打理家务。这样吧，我这里有三捆亚麻，你们一人拿一捆，交给心上人，让她们织成布。谁织的布最好，谁就是我最满意的儿媳妇。"

两个大儿子早就找到了对象。所以，接过亚麻后，他们立即交给各自的心上人。可是，小儿子接过亚麻后，却只能拿在自己手中，因为他没有对象。唉，他还没跟哪一位姑娘说过一句话呢，谁也不认识他。没办法，他只能四处闲逛，寻找意中人。无论遇到哪个年轻姑娘他都要上前，问她愿不愿意帮他织布。姑娘们一点儿情面都不留地当场拒绝，还不时地对他指手

画脚，冷嘲热讽。

于是，小儿子满怀忧伤地离开村庄，来到郊外的池塘边，不停地哭泣。

忽然，身边传来一声"咔嚓"的响声，一只青蛙跳上了岸。

青蛙问他为何这么伤心。小儿子将自己的烦恼告诉了青蛙，说两个哥哥都将亚麻交给了心上人织布了，可至今，没有一个姑娘搭理他，他不知将亚麻交给谁。

青蛙安慰他说："别哭了，把亚麻交给我吧，由我来织布。"说完，它接过亚麻，立即跳入水中，不见了。

小儿子回到家后，一直坐立不安，他不知道青蛙能不能完成任务。

没多久，两个哥哥也返回了。母亲要他们出去，把各自心上人织好的布取回来。就这样，三兄弟又一起出门。不一会儿，两个哥哥分别拿着心上人织好的亚麻布回来了。

可是，小儿子显得很无奈，现在手上不仅没有布，就连亚麻也没有了。他只得再次伤心地来到池塘边，坐在那儿独自哭泣。

不一会儿，青蛙又一次从水里跳了出来，跳到他的脚边，手里拿着一块织好的亚麻布，对他说："快拿回去吧，这是我织的布。"

看到光滑的亚麻布，小儿子喜出望外，赶紧抱着布跑回家。看了小儿子带回的亚麻布，母亲称赞不已，说这是她生平见过织得最漂亮的亚麻布，不仅亚麻线密实、光滑，而且颜色洁白无瑕，比两个哥哥带回来的布强许多倍。

看完布之后，母亲又对三个儿子说："孩子们，要想知道你们的心上人到底贤不贤惠，仅凭织布还不够，还得再考验一番。瞧，屋子里有三只小狗，你们一人抱走一只，把它交给你们的未婚妻饲养、调教。谁养的狗最乖巧听话，谁就是我最满意的儿媳妇。"

很快，两个哥哥各抱一只小狗离开了，小儿子抱着小狗不知交给谁，只得又来到池塘，坐到岸边伤心哭泣。

只听"砰"的一声，青蛙又从水里跳到岸上，问他："你怎么又哭了？"小儿子如实地把自己的苦恼说了一遍。

"把小狗交给我吧，让我来调教它。"见年轻人抱着小狗迟疑不决，青蛙跳上前抢过小狗，立即跳入了水中。

一晃几个月过去了。一天，母亲把三个儿子叫到一起，让他们把未来的儿媳妇饲养的小狗带回来，看一下她们把小狗调教得怎么样。没多久，两个哥哥就各牵着一条凶恶的狼狗回来了，见到生人，它们狂吠不止，吓得母亲连连后退，全身冷汗直流。小儿子只能再次来到池塘边，请青蛙把狗交给他。

青蛙闻声跳上岸，来到小儿子面前，交给他一只机智、可爱的小狗。小儿子向小狗跑了过去，小狗见状，立即后腿立起，伸出两只前爪向小儿子行礼，并不停地表演了各种滑稽的动作。它不仅脾气温顺，还特别懂主人的心，善于见机行事，真是乖巧极了。

小儿子乐坏了，兴高采烈地抱着小狗回家了。

看到小儿子的小狗不仅懂得行礼，能表演各种滑稽动作，还十分乖巧，母亲夸赞不已，连说："好漂亮的小狗！好乖巧的小狗！这是我见过调教得最好的狗！好孩子，你太幸运了，恭喜你找到一个百里挑一的好媳妇。"

　　随后，母亲又跟三个儿子说："我有三匹好布料，可以做三件衣服，你们各取一匹，交给你们的未婚妻，看谁做的衣服最合身，谁就是我最满意的儿媳妇。"三个儿子各领一匹布料离开了家。最后的结果都一样，自然是青蛙做的衣服最好最合身。

　　最后母亲说："好啦，你们都做得很好，快去把你们的未婚妻带来吧，我立即给你们筹备婚礼。"

　　听完母亲的话，小儿子心里尴尬无比。他上哪儿找个姑娘带回去呀？这一次，青蛙还能怎样帮助我？他没地方去，只能唉声叹气地来到池塘边。

　　"砰"的一声响后，青蛙又跳到他的面前，问他："又出了什么事？又在为什么事发愁呀？"

　　小儿子就把母亲的话重复了一遍。

　　"那你愿意娶我为妻吗？"青蛙问道。

　　"什么？让我娶一只青蛙做妻子？"他做梦也没有想过这个问题。

　　"我再问你一遍，你到底愿意不愿意娶我为妻？"青蛙再三追问道。

　　"我不想娶青蛙，可目前也没有人愿意做我的妻子。"

　　青蛙听完他的话，立即跳入水中，消失了。

　　不一会儿，一辆装饰精美的小马车出现在马路上，拉车的是两匹矮小的马，驾车的正是青蛙。它拉开车门，请小儿子上车。小儿子也没多想，就上了青蛙的车。

　　在回家的路上，他们遇到三个女巫：一个双眼失明，一个驼着背，最后一个喉咙里卡着一根刺。

　　她们看到一只小青蛙装模作样地驾着小马车赶路，觉得十分滑稽，都忍不住笑了起来。突然，失明女巫的眼皮裂开，她竟然重新看到了光明；驼背女巫在地上滚动时，竟然伸直了背；喉咙卡着刺的女巫，狂笑时，把刺喷了出来。三个女巫像获得自由一样，顿感轻松。是啊，能摆脱折磨自己数年的苦痛，能不轻松，能不痛快吗？她们知道，是小青蛙帮了她们，她们应当感谢小青蛙。

　　于是，第一个女巫将魔杖轻轻一挥，把青蛙变成了一个貌美如花的少女；第二个女巫则将小马车变成了奢华的大马车，

两只小矮马变成了两只雄壮的大马，车上多了一位娴熟的马夫；第三个女巫送给青蛙姑娘一个口袋，里面的钱怎么掏也掏不完。

送完礼物后，三个女巫立即消失了。

小儿子带着美貌的新娘，坐着奢华的马车回到家。母亲看到小儿子的妻子，赞不绝口，笑得合不拢嘴。小两口建了一座当地最华丽的庭院。不用说，在婆婆的眼里，青蛙姑娘自然是她最满意的儿媳妇。小两口快乐幸福地一起生活了好久好久。

魔法师弗杰耶

　　很久以前，古罗马有一个骑士，他的妻子生了一个男婴，名叫弗杰耶。

　　弗杰耶尚是孩童时，父亲就战死沙场了。可怜的母子不仅得不到亲朋好友的照顾，反而备受他们的欺凌，许多财产都被他们侵占了。年轻的母亲担心他们贪得无厌，继而谋害幼子，于是就将孩子远送西班牙，指望他勤学苦读，日后能考入当时闻名天下的学府托莱多大学，从此光耀门楣。

　　弗杰耶非常勤奋好学，整日沉浸于书本之中，果然不负所望，考入了托莱多大学。除了读书外，他最大的爱好就是探险，一有机会就到野外人迹罕至的地方探寻一番。有一天下午，学校没有课，他又去了野外。突然，他看到一个山洞，没有多想便钻了进去。

　　山洞很深，里面漆黑一团，什么也看不清。他摸索着走了

好久也没看到一点儿亮光。不过，他一点儿也不害怕，反而愈加坚信只要走下去，就能穿山而过，在山的另一头找到出口。于是，他继续摸索着前行。终于，他看到了一丝亮光，还听到有人喊他的名字："弗杰耶！弗杰耶！"这光线和喊声均来自地下。

"谁在喊我？"弗杰耶淡定地环顾四周，并没有看到一个人影。

"低头看脚下！看脚下！看到一个把手和开关了吗？"声音从脚底传了上来。

"我看到了把手和开关。"

"太好了，求你按一下开关，放我出来。"

"你是谁？为何被关在这里？"弗杰耶非常镇静，一点儿也不慌张。

"我是一个魔鬼！"那个声音答道，"在很久很久以前，我就被关在这里了，要是没有人前来打开开关，我就不可能出来。弗杰耶，你若解救我，我将送你几本魔法书，读了这些书，你将拥有高强的法力，从此机智过人。"

谁都想拥有超强的法力，弗杰耶当然也不例外，自然对魔鬼的许诺很心动。不过，他依然十分淡定，倍加小心谨慎。他让魔鬼先把书递出来给他，并教会他如何运用魔法。

魔鬼丝毫不讨价还价，立即照办。学会了一些魔法后，弗杰耶也没失言，立即打开了开关，地面上出现了一个小洞。不久，一个魔鬼紧缩着身体，从小洞里迅速钻了出来。随后，他的身体变大，等他站直后，一个比弗杰耶高三倍，浑身漆黑如煤炭的魔鬼，出现在弗杰耶面前。

"我的天哪！这么小的洞，怎么可能装下你庞大的身躯！太不可思议了！"弗杰耶惊叫道。

"我能缩身。"魔鬼说。

"我亲眼见了才能信！"

"嘿嘿，那我就让你开开眼界，长长见识！"说完，他的身体又慢慢地变小，随后迅速地钻回洞里。待魔鬼的身体全进入洞中后，弗杰耶立即关上了开关，捡起地上的魔法书，迅速扭头沿原路返回，从山洞里逃了出来，任凭魔鬼怎样叫喊，都毫不理会。

接下来的几周，弗杰耶废寝忘食地研读这几本魔法书。恰巧这时，他的母亲来信说她已患重病，再无精力操持家务，催他速回罗马。

历经十几载寒窗苦读，弗杰耶已初露头角，托莱多大学的师生对他的离开无不深表惋惜，坚信他若再深造数载，必将出人头地，独领风骚。尽管托莱多令他依依不舍，但他依然归心似箭，恨不得马上回到罗马，守候在母亲身边。

可是，要做的事还很多，他不能撒手不管。他先为送信的人备上一匹快马，让他先回去。随后，他将价值不菲的东西能带回罗马的，全部打包装箱，买了四匹马才勉强驮下，其余的要么变卖，要么送人。一切准备妥当后，他就递交辞呈，离开托莱多，返回罗马。启程当天，众多师生、学者纷纷赶来为他送行。

看到阔别十多年的儿子载誉而归，母亲双眼噙泪亲自拖着病躯前来迎接，那些贫困潦倒的亲朋好友们也闻讯赶来，围着弗杰耶讨要赏钱。那些有钱的亲友，则远远地躲开，心中叹

息，再不能像从前一样肆意侵占他家的财产了。弗杰耶毫不在意这些，他慷慨解囊，将带回的大量钱财散发给这些穷困的亲友。那些在他们危难中伸出援手的人们更是获得了厚礼。那帮有钱的亲朋好友看在眼里，恨在心里。这一切，弗杰耶了然于胸。

不久，又到了收税的季节，那些出租土地的臣民，按照惯例，纷纷去觐见国王，弗杰耶也不例外。在面见国王时，弗杰耶恳求国王秉公执法，替他讨回原本属于他家的财产。可那些人早已与国王沆瀣一气，且沾亲带故，弗杰耶自然没有讨回半分钱。国王搪塞说，他会认真调查此事，四年后给他一个满意的答复。

听了国王毫无诚意的答复，弗杰耶怒火中烧，旋即回到家中，命人将粮食全部储存于城堡里的各大粮仓内，一粒也不上交。

那些仇家得知他公然违抗王命后，立即集结了一批军队，围攻弗杰耶所在的城堡。弗杰耶毫不含糊，亲自登上城楼迎敌。他默念咒语，令敌人动弹不得，束手就擒。弗杰耶怒斥他们的恶行，鞭抽几个仇家后，才解开魔咒，放他们回去。

那些仇家率军逃回罗马城，添油加醋地将弗杰耶的行为禀告国王。

国王听到弗杰耶不仅公然抗税，而且还谩骂自己，当场勃然大怒。这个世上，只有他指责别人，哪能容忍有人指责他。于是，他亲率大军，讨伐弗杰耶。

国王的大军刚在城外安营扎寨，弗杰耶就施展魔法，划了一条巨河将他们团团围住。随后，弗杰耶隔着河向国王对话，表示要摒弃前嫌，化敌为友。

国王怒气正盛，拒绝和解。弗杰耶也不着急，就在河对岸大摆宴席，犒劳军队。而国王的大军却只能忍饥挨饿，看得他们直流口水，一点儿办法也没有。

国王正焦头烂额的时候，一名巫师来到军营，说能替国王分忧解愁。国王一听，大喜过望，立即奖赏巫师大量钱财。

巫师当场作法，弗杰耶的士兵顿时像得了瘟病一般，个个浑身无力，纷纷瘫倒在地。弗杰耶连连施法，才避免中魔咒昏死。趁国王大军渡河之机，他拼命查询那几本魔法书，寻找破敌良机。功夫不负有心人，他终于如愿以偿。

就在国王大军渡过河，欲大举攻城之际，他念了一道魔咒，国王的人马，连同他本人都变成了僵硬的石头，立在原地，保持原有姿势一动不动。有的悬挂在空中，有的一脚踏上城墙，有的倒挂在云梯上，有的高举着大刀，什么姿势都有，他们如一群石雕，死死地守在城外。

当晚，弗杰耶就悄悄来到国王身边，对他说，只要国王承诺替他讨回公道，就放他回罗马。国王早吓破了胆，哪敢讨价还价，说只要让他安全返回，他可以满足弗杰耶提出的任何要求。

弗杰耶很满意，当即解除魔法，并命人送去美酒佳肴，犒劳国王的大军，又赠送每位宿敌一份厚礼，最后护送国王及宿敌回到罗马。为了表达对国王的忠心，他还特地在罗马城建了一个四方塔。站在塔内的任何一个地方，都可以清楚地听到城里每一处的说话声。若是站在宝塔的正中央，就是城里有人说悄悄话，也能听得分毫不差。

同国王和宿敌化解恩怨后，弗杰耶的生活也安稳下来。他开始考虑婚姻大事了，毕竟年纪也不小了。

　　他看上了一个叫菲波娜的姑娘，她出身名门，是罗马城首屈一指的美人。可是，美人一点儿也瞧不上弗杰耶，常想尽方法捉弄他。一天，她故意叫弗杰耶来到她所居住的塔楼下，从楼上放下吊篮，说要把他吊上去。弗杰耶毫无防备，高高兴兴地上了吊篮。

　　不曾想，吊篮上到半空竟然停住。塔顶传来菲波娜的嘲笑声："魔法师，你这个无赖，别癞蛤蟆想吃天鹅肉了。哈哈，我要你好好吊在空中，让全城的人看看你的德行！"

　　吊篮下方恰好是闹市，市民们纷纷仰头观望，不绝于耳的嘲笑声，让弗杰耶的肺都快气炸了。最后，还是国王出面，说服菲波娜放下吊篮，弗杰耶才得以脱身回家。回家休息几天后，他决定报复菲波娜，以解此恨。

　　这天，罗马城的所有灯火竟然全部熄灭了。当时火柴可还没有发明出来，失去火种可是一件要命的大事。国王听到禀告后，一猜就知道是弗杰耶干的好事，立即命他解除魔法。

　　弗杰耶爽快地答应了，不过有一个条件，那就是在集市中间搭一个高台，让菲波娜只穿一件长衫站在高台上。各家各户只允许到她身上取火，不能互相借火。就这样，菲波娜身着单衣站在高台上，浑身喷出熊熊烈火。市民们纷纷拿着火把、干柴，前来取火。很快，罗马城的晚上又灯火通明。

　　可怜的菲波娜在高台上站了三个日夜，直至全城所有的居民都点燃了灯，生起了灶火，才获准回家。

　　国王对弗杰耶的报复行为异常恼火，取火一结束，立即将他投入大牢，很快就判处他死刑。验明正身后，他被押往维米纳山接受绞刑。

　　弗杰耶毫不畏惧，淡定地跟着押送他的士兵来到刑场。这天天气非常炎热，弗杰耶恳求行刑的士兵，给他点水喝。士兵在旁边的水井里打了一桶水，放在他跟前。弗杰耶看着桶里的水，高声叫道："国王陛下，再见！到西西里岛来找我吧！"说完，将头浸入水中，很快失去了踪影。此后，好长一段时间，弗杰耶音讯全无，谁也不知他后来是怎样同国王重新和解的。

　　弗杰耶的一生充满了传奇。他曾多次被国王请进王宫，替他运筹帷幄，排忧解难，特别是在挖掘内部叛徒、抵御外敌入侵等方面，更是献出了许多良策，最著名的当属"保卫罗马"的诸神塑像了。

　　大家都知道，朱庇特是罗马神话中的主神，朱庇特神庙更是罗马城中一个天下闻名的建筑。弗杰耶就在神庙的屋顶立了一座高大的朱庇特雕像，手持保卫罗马的牌子，在他的四周围着各附属国代表神的雕像，象征着他们永远臣服于主神，臣服于罗马。每个代表神手中捏着一个铃铛，若是所代表的附属国意欲反叛罗马，代表神就会转过身，背向朱庇特主神，拼命摇动手中的铃铛。听到铃声响起，罗马元老院就会派人去看哪个附属国想叛乱，好当即派兵征讨。

　　当时有个附属国早就对罗马心存二心，妄想一举灭亡罗马。该国的一个谋臣想出了一条毒计，派三个巫师，携带大量黄金，悄悄前往罗马城。

　　到达罗马城后，三个人在夜色的掩护下，先在城外的山脚下挖了一个深坑，埋下一箱黄金。随后，他们又来到城内的台伯河桥下，将另一箱黄金沉入河底，并做好标记。

第二天一大早，他们就早早来到元老院，向元老们鞠躬敬礼后，他们说道："尊敬的大人们，小人昨夜做了一个梦，梦见城外的山脚下埋着一坛黄金，请允许我们带人前去挖掘。"元老们个个贪财，当即同意了。果然，他们在那儿挖到了黄金。罗马城顿时沸腾，大家纷纷议论。

几天后，三个人又一次来到元老院，说梦到城内的台伯河桥下有一坛黄金。

元老们高兴坏了，立即派人前去打捞，果然捞起了一坛黄金。三个人当场取出部分黄金，送给了几位最有权力的元老。

两周后，三个人再次来到元老院。"各位大人，昨天夜里我们梦到，在朱庇特神庙的基石下方，藏有十二箱黄金。托大人们的福，前两次我们都挖到了黄金。这次若再次挖到，我们决定全送给诸位大人。"

元老们个个见钱眼开，当场答应了下来。于是，三个人找来大批人手来到朱庇特神庙，立即动手挖基石。挖了数日，眼看基石即将挖出来，三个人连夜逃了回去。

第二天太阳刚出来，基石就被抬了上来，众人正高兴时，神庙顶部的众神像就纷纷栽倒，摔落在地上。此时，元老们方才醒悟，因为他们的贪婪，葬送了罗马的安宁。

从那天起，罗马城的治安日益糟糕，抢劫、纵火、凶杀、盗窃等犯罪行为四起，层出不穷。市民们惶恐不安，纷纷求见国王，要他想方设法制止犯罪。

国王心急如焚，毕竟臣民的安危是头等大事。于是，他速派人请来弗杰耶，协商对策。

弗杰耶沉思了好久，终于想到了一个妙法，他对国王说：

"尊敬的陛下，速派人塑造一个铜骑士和一匹铜马，将它们立在朱庇特神庙前。然后，在全城张贴告示，晚上十点教堂的钟声响起后，任何人必须老老实实待在家中，不得外出，否则格杀勿论。"

国王言听计从，立即传令执行。不过，那些强盗和凶犯毫不将铜人、铜马和诏告放在眼里，依然我行我素。

就在诏告贴出的当晚，十点的钟声响起后，铜骑士就骑着铜马，便在城里的各大街上巡逻。第二天天亮，大街上躺着二百多具尸体，全是铜马踩死或骑士杀死的。

国王和弗杰耶原以为杀死了那么多人，那些罪犯们该收敛，从此不再为非作歹，不曾想他们竟然变本加厉。原来，这些强盗想到了对策，纷纷备好铁钩和绳梯，一听到马蹄声，就立即借助铁钩和绳梯，爬到墙上躲避，这样一来，铜马和骑士就奈何不了他们了。

弗杰耶当即让国王命人造两条铜狗，让它们紧跟在铜马身后。要是那些强盗爬上高墙，躲在上面嘲笑铜马、铜人时，它们就立即跃上高墙，将他们咬死。

就这样，在铜骑士、铜马和铜狗的守护下，罗马的社会治安迅速好转，又恢复了往日的安宁。

就在此时，罗马的大街小巷纷纷在议论一个女人，她是巴比伦国王的女儿，拥有举世无双的容貌。

弗杰耶被这些传闻迷住了，竟深深地爱上了那位公主，从此不可自拔。他迫不及待想见公主，于是在空中架了一座天桥，从罗马直通巴比伦的王宫。他连夜赶了过去，拜见了公主。

看到弗杰耶，公主一点儿也不惊慌，反而十分热情，与

他聊了好久。在弗杰耶绘声绘色的描述下，她对罗马充满了好奇，渴望弗杰耶早点带她到罗马游一趟。弗杰耶当场答应，并对公主说，不必跋山涉水，他们可直接到达罗马。

公主来到罗马，住在弗杰耶的城堡。短短几天，她就爱上了罗马，觉得城里无处不是奇观，随地都是稀世珍宝，这些对她来说都是闻所未闻。弗杰耶本是慷慨之人，自然对她大献殷勤，赠送她大量珍宝，可公主拒绝了。

美好的时光总是那么短暂，数天时间宛如数秒。公主游玩时，突然感到自己离家太久了，自己的父母肯定急坏了，她必须早点回去。弗杰耶二话不说，当即抱着公主跃上天桥，将她安全送回巴比伦，把她放在卧室的床上。

得知公主回来后，第二天一早，国王就赶过来看她。公主

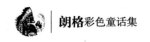

一五一十向国王禀报这次游玩罗马的经历。国王听后，不动声色，显得十分担心。他告诉公主，若弗杰耶再来巴比伦，务必领弗杰耶来见他。

没多久，公主就对国王说，弗杰耶来了。国王立即设宴热情款待，还特地准备一个特制酒杯，叮嘱公主，要她亲自用这个酒杯给弗杰耶敬酒，以示尊敬。

落座后，公主立即端起那只酒杯向弗杰耶敬酒。弗杰耶毫不犹豫，一饮而尽，不想当即栽倒在桌上，昏睡过去。旋即，他被卫兵捆绑了起来。

第二天天一亮，国王来到王宫议事厅，召见文武大臣。他派人把弗杰耶押上大厅，给他松绑后，大发雷霆，严斥他色胆包天，擅自将公主拐骗到他国。

弗杰耶辩解说，他的确带走了公主，但不是拐骗，更没有丝毫强迫，他十分尊重公主，并将她完好无损地送回来。他向国王起誓，若国王宽恕他，放他回罗马，他保证日后再也不踏进巴格达半步。

"还想做美梦！"国王吼道，"这里就是你的葬身之地！"

听了国王的话，公主吓得当即双膝跪了下来，苦苦央求父王放过弗杰耶，否则自己将陪他一起赴死。

面对如此凶残的国王，弗杰耶决定好好惩罚一下他。随后，他默默念起咒语。

刹那间，国王、众大臣及手下士兵眼前出现了幻景，看到汹涌的洪水涌向巴比伦，吞噬了一切，现直扑王宫。为了逃生，他们不得不拼命地舞动四肢，就像鱼儿和青蛙一样。

弗杰耶毫不理会他们，径直抱起公主，跃上天桥，迅速返回了罗马。

　　盯着怀里倾城倾国的公主，弗杰耶觉得无论是自己的城堡，还是整个罗马城，都不配高贵的公主居住。于是，他取出数不清的鹅卵石，在大海里筑了一个全新的城堡。城堡正中间建有一个方塔，塔顶有一根直插云霄的避雷针，针的顶部嵌着一个水晶瓶，瓶口塞着一块鹅卵石，石上放着一个苹果。这个苹果至今还在石头上。

　　现在，要是鹅卵石稍有松动，整座城堡就会摇晃；倘若鹅卵石掉了下来，整个城堡随之灰飞烟灭。当然，对于法力高强的魔法师弗杰耶来说，这些都不是麻烦，只要他念一下咒语，城堡就会随时展现世间绝无仅有的奇观。这座美丽的城堡，他取了一个好听的名字，叫那不勒斯城。